阅　读　阅　美　，　生　活　更　美

女性生活时尚第一阅读品牌

□ 宁静　□ 丰富　□ 独立　□ 光彩照人　□ 慢养育

那些路上的恋人哪

从伦敦到卡萨布兰卡 / 爱的 12 城记

洛艺嘉◎著

漓江出版社

1 本哈都单身夜晚

lovers on the road

1 本哈都单身夜晚

lovers on the road

塞内加尔，偶遇一个女孩的梦想 2

lovers on the road

2 塞内加尔，偶遇一个女孩的梦想

lovers on the road

目 录
Contents

1

lovers on the road

这世上，不知身在何处的一个人，会和你那么相近，你和那个人，那么相近，那么相近，却在这大世界里自行其路，永不相见。即使遇见了，交谈过几句，也不问过往，流水般无意地经过了。

本哈都单身夜晚

那男孩在等谁?

暮色初染，连绵的褐色山峦仿佛将赴黄昏约的美人，为自己换上姹紫的晚装。紫色的，蓝紫色的，红紫色的，更有那形容不出的神秘颜色。在这些山的后面，飘浮着灰蓝色的云，橙黄色的云，各种色彩神秘的云。夕阳有时会从云中钻出来，晶亮璀璨，转瞬间又消失了。再早一些时候的阴霾天下午，太阳也会穿透厚厚的灰色云层，撒下金丝般的万丈光芒。那是神出现时会有的光芒，西方绘画中天堂的光芒。

再往南走，道路会越来越崎岖，遍布石头。然后，就是变幻莫测、浩瀚无垠的撒哈拉沙漠了。

这无垠天地中美醉欲死的景色，这在我眼里惊为神祉的景色，对拉森、卡摩拉两人而言，虽也“很美”，但也因为日常而平常了。

夕阳散尽，空气开始凉爽起来。有着灰绿色叶子的橄榄树，从白日的昏沉中清醒过来。隔条马路，能看到对面的一家家客栈，它们的小院子里停着安息下来的旅行车。客栈后面，是阿伊特·本哈都村的民居。它们迥然于北方的“白色群落”，它们是南方 high atlas 的褐色小屋。high atlas，北非最高的山脉。隔一条现在看不到的玛拉河，再远再高处，倚山而筑的，就是卡斯巴。这些同是土褐色的黏土房子，平时就和脚下的山难分彼此，现在，更是色形皆隐了。不过因为太熟悉，拉森、卡摩拉会识得它们的轮廓，以及那些点缀在房舍中老实敦厚的棕榈树、高高俊俏的白鲁树。

久远世纪前就已在这里的卡斯巴，是备受电影导演们崇爱的，《阿拉伯的劳伦斯》（又译《沙漠枭雄》）即拍摄于此。那是这村子的黄金时代。在玛拉河岸，紧临着原来的卡斯巴，英国人用褐色的黏土建起了仿旧的城门，这使得卡斯巴更像一个坚固的城堡。尤其是黄昏初临之时，夕阳西去，天地间一片壮丽。村里许多人参加了影片的拍摄。平时骑悠闲毛驴的他们，陡然变成了猎猎战马上英武的骑士。彼得·奥图尔也似乎真从那个散漫的英国中尉，变成了阿拉伯人眼中的“圣人”劳伦斯。他性格复杂，却有天生的军事才能；卓尔不群，在浩瀚沙漠中大显身手。沙漠历险、战争、史诗，那是男人的一生中，怎么也会梦想过一次的悲情壮美。开始，其实是结束的倒计时，只是我们太过欣然于开始的布展，沉湎其中，而不觉为结束的到来嗟叹。电影拍完，剧组撤走了。本哈都的村民自然地失落。他们不再能拿工资了，也终究从壮怀梦想跌回平淡的现实。外面世界的人，喜欢这影片并不差于他们。取材于真实的大型画卷般的史诗巨片，1962 年获得奥斯卡最佳影片、导演、摄影等七项大奖。本哈都开始声名远播。隔着一层想象的迷雾，世人眼里的沙漠、卡斯巴更加壮美绝伦。“观众全神贯注盯住纯净的金子般的沙子熔化的闪光，盯住空旷、灿烂的无限苍茫，就好像盯住上帝的眼睛一样”。拜访它的人，从世界各地来了。1987 年，它被列为世界文化遗产。

望着这山谷暮色的我，还有拉森、卡摩拉，我们在本哈都卡斯阿旅店的二层露台上。这旅店刚刚开张，我是它的第二位客人，这几天唯一的客人。拉森是替旅店老板经营的管家，卡摩拉是他手下的伙计。拉森经常穿休闲西装，卡摩拉则穿柏柏尔牧羊人常穿的那种长袍“吉哈巴”。

“哈森刚把那中国男孩领进屋时，我们便发现他颇异常。惊喜、好奇、失望、陌生，反正一个游人身上该有的，他都没有。他进了这屋子，就像进自己家一样平常，没有感觉。领他看完房间后，我们问他是否在这里就餐，如果就餐，那么一天 110 块钱。也没有讲价，也没有爽快地说行，那男孩只是淡漠地说‘随便’。然后我问他希望晚餐何时吃，吃什么，他还是冷淡地说‘随便’。”卡摩拉看了眼拉森说，“虽然拉森认识一些中国人，知道你们喜欢说随便，但还是感觉有些异样。”

卡摩拉和拉森商量了一下，决定九点半开饭。这是旅店的第一位客人，所以他们准备的晚餐很丰盛。可这客人皱着眉头，动了两下便放下刀叉。拉森的理想是经营人性化的旅店，让住过的旅客忘不掉。见中国男孩这样，他谦和地过去，关心地问：“你不高兴吗？”男孩看也没看他一眼，道：“我高不高兴，关你什么事？”

“这话把我噎的。我发誓再不问客人这些了，可我没有记性。”拉森看我一眼，“当你坐下吃饭时，我又问你了。”

“是啊。”我笑了一下，“第一天，当谷斯谷斯上来的时候，我记得你是第四次说‘欢迎’，第三次问‘你开心吗’。”

柏柏尔人上茶要上三遍，客人拒绝，视为不礼貌。可是，那男孩刚喝了一口茶，就告诉拉森和卡摩拉：“我自己待着，你们出去吧。”卡摩拉怀疑那是个厌世、准备自杀的人，说旅店刚开业就碰上这事真是太晦气。拉森说要是那样的话，更得救他了。不好张望，他们就在外面逡巡，谛听里面的动静。没闻听有何异样的他们，半小时后借故进餐厅去。他们大吃一惊的是：男孩不在屋里了。卡摩拉听拉森讲过中国的灵异故事，开始觉得男孩是鬼，顿时惊骇万分。男孩如此无声便没了踪影是颇令人惊疑，但拉森还是马上返身去他房间。房门大敞着，男孩不在屋里。正准备叫村里的小伙子四下搜寻时，他们在连接餐厅和客房的小院子里，发现了静望天空的男孩。这个方形院落有天然的穹顶画幕：白天，是蓝得逼人的天，白得惊人的云；夜晚的天空同样是蓝的，星光繁盛。男孩回房间时，拉森跟过去。不善言辞的他，想和这男孩靠近，又不知说什么才好，就只能问：“这房间还好吧？”男孩同样看也没看他一眼说：“好不好对我都无所谓。”第二天，哈森想带他去卡斯巴时，男孩拒绝了。“那我就奇怪了，昨天他是怎么跟你来这里的？”拉森问哈森。哈森笑了：“是他径直往这里走，我跟来的。”

我倒确实是哈森带到这里的。在暮色已经笼罩了村子，几盏灯在混沌中次第亮起来时，哈森从墙边阴影里他靠着的土坯房上起身，向我走来：“我能带你去不错的旅店。”

第二天晚上，中国男孩也是吃了几口东西，跟谁也不打招呼便回房间睡觉了。然而，第三天早上，卡摩拉进厨房准备早餐时，竟发现那男孩在里面烧咖啡。“你们早餐吃什么？”他问卡摩拉，好像他是这旅店的主人似的。然后，一上午，他就在这个露台上，望着云影下变换色彩的山谷，奇怪地意兴盎然地讲述了自己的故事。

他初次的恋爱是 17 岁那年的夏季。在微微晃动的巴士上，他手上的调频立体声把他最喜欢的《山鹰的飞逝》播放出来。这突然来到的歌，是那么令他激动。他想找个分享的人，就摘下一个耳机，把它插到身边女孩的耳朵里。这动作是那么突然，使得那完全陌生的女孩都没有拒绝的机会。也许是那曲音实在美妙，女孩没有把耳机摘下，就那么听着。周围的人，是否注意到他们是陌生人？多年后他想。他忘了自己是如何把耳机从女孩的耳朵上摘下的。多年后，他还心惊地记得自己下车后，一转身，看到女孩也下车了，同样在等换车。夏季的暴雨不期而至。想起自己车上不经意的勇敢，他鼓足勇气，走过两步，对同样也没带伞的女孩说：“咱们去看电影吧。”女孩几乎没有犹豫：“好。”那是四路车西单站，离首都影院咫尺之遥。他们走出影院时，雨还在淅沥着。散了一会儿步后，他问：“我能做你的男朋友吗？”女孩问他的年纪，然后说比他大两岁。大好啊，知道疼我，他说。女孩笑了，没说什么。雨又大起来，女孩从背包里拿出大夹子给他挡雨。一本书从里面落了出来，他看到了扉页上某大学图书馆的图章。夜晚分手之时，他把自己的初吻给了这女孩。温暖的雨夜，女孩的长发上有丁香的清幽。在女孩别致小巧的通讯录上，他把自己的电话写在姓名之后。女孩没说自己的姓名，只说，明天中午我给你电话。第二天中午，他没去吃饭，一直守在电话旁。后来他有事不得不出去。回来后，别人告诉他：刚才有个女孩打电话找你。该是昨夜让他交付初次爱情的女孩吧？可为什么，她再不来电话了？为什么？为什么呢？他永远不知道了。在那个雨季的午后，她出现在他青春的天空下，惊鸿一瞥，却再也不肯重现。他去那所他觉得她该在里面的大学等过她，一次次。他知道了什么叫人海茫茫。为什么不在学校的布告栏上贴启事找她？在他为自己的不彻底而后悔，而终于有主意时，已经无法寻她了。四年过去，她毕业了，或许早就毕业了。人海更加茫茫。或许，或许她根本就不是那所大学的？

男孩的第二个女友有名有姓。也不是浪漫的路遇，是在某会上认识的。本该叫乔红菲的这个女孩，给自己改名乔鸿飞。短发的她，不喜欢柔美，倒爱男性化的壮丽。她会吹好听的口哨。看《阿拉伯的劳伦斯》时，更是和他一起投入。看到影片中劳伦斯让风把自己的长袍鼓起来，想学鹰般飞翔时，他想起《山鹰的飞逝》，想起多年前那个夏季。那个神秘女孩，只在他生命中出现过半天，却将他永远改变了。

鸿飞很喜欢这影片，他们一起看了三遍。还不过瘾，她又找来劳伦斯的自传《智慧的七根柱》。看到劳伦斯写给他永远的爱人，他的同性恋人阿拉伯青年达洪的那首诗时，不多愁善感的她流下泪来。

我爱你

所以我把千军万马召入掌中

让夜空的繁星写出我的意愿

……

“如果我也是男人，你还爱我吗？”鸿飞问。他没有给她满意的答案，她便兀自说：“我要是男人，你也得爱我。你要是女人，我也爱你。”

他们那么相爱。每个黄昏，她都要到他那里去。他们读书，听音乐，看影碟。他们相约要到那故事的发生地，那沙浪驼影、那大漠孤烟的摩洛哥去，去穿越那沙漠的灼人热浪，那神秘的死亡之谷。他为此做了不乏艰苦的努力。可是，就在他即将把梦想交给她时，他找不到她了。他知道她的姓名，电话，单位，可他找不到她了。她的单位都不知她去了哪里。到底是怎么回事呢？看似那么自立的她，难道被人供养着？抑或，那么求灵魂纯净的她，却不在乎肉体的堕落，根本就是个“卖的”？或者，她清秀的外表原本是人工所为？或者，她根本就是个男人？或者，外表坚韧的她，心思太过细腻，发现了他不敢提及的从前，不能原谅？是隐情难言，还是她根本就不是一个人，只是他青春的梦想，是照亮他的一束光，让他对万象迷惑，而又断然而解人生的残破？他想起他们一起走过的日子，想起她用那么动听的口哨吹给他听《山鹰的飞逝》时，他第一次流下的眼泪。人是多么不解自己，这泪水，是流给鸿飞，流给那不曾知晓姓名的女孩，还是流给他自己？或许都有吧，人生是那么复杂难辨。

他一遍遍地看《阿拉伯的劳伦斯》。他把大卫·里恩导演的《桂河大桥》和《日瓦戈医生》也一起看了，仍旧没有等来鸿飞，仍旧什么也不知晓。

他还是决定去摩洛哥。“梦想实现了。可是，一起做梦的那个人不在了。”就在两周前，就在这里，他望着这壮美的山峦，这沙漠上的绿洲，问：“你们说，也有那最美的可能吗？她会在这里等我？”

不知何时开始，拉森和卡摩拉都直盯盯地望着我。半晌，拉森打破沉默：“那男孩要找的女孩，是你吗？”

我看着他们笑了，没有回答。

“来这里的中国人极少。独行的，我看到的还真只有你和他。而且，你们都没有去那旅客众多的客栈，而是投宿在我这刚开张的小店。”

“既然孤身行走，当然不愿凑那份热闹。”我说，“最主要的，还是村口替你们拉客的哈森把我带来了这里。”

“你在这里真可能有所等待。因为一般的客人，只是在去瓦尔扎扎特城时在这里停一站，过夜的并不多。像你就这么住下来的，除了那男孩，还真没有别人。”拉森说，“你别等了，那男孩走了。”

“我不等什么。我只是习惯于在每个地方住上那么一阵，这样，体会才不会是匆忙的，飘梦般的，才会是现实些的，不那么片面的。”

“还有个理由可能是那男孩不曾想到的，”我接着说，“他的心思转变得太快。一会儿狂喜，一会儿深愁，太出色的个性不适合现实生活。特立独行对自己是洒脱的无羁，对亲近的人却可能是伤害。也许，是现实世界的分秒必新，使得他有太过迅捷的变化。”

“你真的比别人都懂他。”卡摩拉说，“而且，我发现你们身上有很多相同的地方。”

真的？那么这男孩，会是我在马拉喀什遇到的那个吗？那是在皇宫附近，一群外国老太太从一辆大旅行车上下来，碰巧站在我身边的他说：“老头们都死了，出来玩的都是老太太。”

我之所以注意到他的话，并非他的东方面孔。而是那时候，看着花花绿绿的老太婆从旅行车上下来，我想的也是：呵，出来玩的全是老太太。

我虽也常有感于这人世的弹指之顷，无常幻灭，但那么年轻的人，离安息太早，总还是该安乐的。我说：“什么都死了？老头们都在安定门地铁下棋呢。”真的，不论阴雨晴风，安定门地铁东北出口，总有那么多老头下棋，那么多老头围看。每次经过我总想：和家人该说的话都说尽了，他们只有出来。在北非，看着遍布的咖啡馆里那众多的老头；看着他们很多并不和别人说话，只是坐在那里；看着深夜了，他们还坐在那里，我想，男人和女人，真的不需要那么靠近吧？

“你北京的吧？我也是。”隔了有一会儿，那男孩说，“老头们是都死了。”

“什么死了？人家都在那里下棋呢。”

“他们都死了。”那男孩无比确信，“是新一批男人老了，在那里下棋。”

这世界对男人或许真是残忍。他们不能像女人一样在家做做饭，看看孩子，收拾收拾屋子，从平常的生活里便能找到快乐。他们不能，因为他们的心和女人不同。但是，他们之中，又有几人能创功建业呢？芸芸众生，基本不是在浑噩中迎来世寿之尽？

我曾在佛罗伦萨的街头，一天之内四次遇到同一个人。这没什么可奇怪的，因为同为旅人，又同为国人，我们的足迹是相像的：教堂，广场，中餐馆，麦当劳。而那个偏得让老头死去的男孩，我们说过几句话，也便各走各路了，自己准备的安宁，有时是怕别人惊扰的。

“其实有一点，就可以确信我不是鸿飞。”我说，“你们看过我的护照。”

“既然那么轻易就消失了，又怎能保证她鸿飞的名字，”拉森笑了，“或你的名字，不是假的呢？”

“我不是鸿飞，却是那个他不知姓名的女孩。”我假装正经。

他们更惊诧地瞪着我。

“他不是和那女孩在首都影院看过一场电影吗？他们坐哪里，看的又是什么？他没说吧？但我可以告诉你们，我们坐在最后一排，看的是《霸王别姬》。”

已经转身的卡摩拉惊愕地又转回来：“是最后一排，是《霸王别姬》。他说了，他说了，只是我们忘了告诉你。”

“你真是那个他不知晓姓名的女孩吗？”拉森认真地问。

我笑了："不知道。"

"是不是呢？"拉森更认真了。

"开玩笑呢。"

"那怎么会说得那么准？"

"恋人当然愿坐最后一排了。而那影片，是从前的一个流行片子。我顺嘴瞎说的。"

"真的，你们太像了。"卡摩拉又说，"喝咖啡都不加糖。喜欢长久地望着某处。会看和路途没有关系的书。对草木有特别的兴致……"

这世上，不知身在何处的一个人，会和你那么相近，你和那个人，那么相近，那么相近，却在这大世界里自行其路，永不相见。即使遇见了，交谈过几句，也不问过往，流水般无意地经过了。是的，太多的相同，又能怎样呢？能保证在一起便不散吗？浩瀚世界，不见不散。萍水相逢，飘零东西。

单身男子

"虽然这是个伤感的故事，但是，在北京这样人口千万的都市，爱情还是有无限丰富的可能。"拉森望着看不到的远方说。这点北京和本哈都还真太不相同。本哈都只有 1000 人，拉森熟悉他们，就像家人似的。

"那也不比你们呀。"我说，"一个男人可以拥红簇绿，三妻四妾。"

和邻国突尼斯、阿尔及利亚不同，现在的摩洛哥，法律上还允许一个男人娶四个太太。

“第二次结婚时，丈夫要告诉一声大太太。只是通知，不必征得她的同意。”我说，摇摇头，“只是通知，不必征得她的同意。”

“这起码是光明正大的，不像有些中国人。表面上正人君子，却在外面三奶四奶都有了。”拉森反驳我。

“那只是个别人，报纸杂志上的故事。”我辩解，“要是媒体都是日常的油盐酱醋，那谁还看呀？”

我在本哈都有一周了，和他们熟起来，也能和拉森这个对中国“很了解”的青年就许多问题探讨了。

我说起我认识的一个阿拉伯男人，有四个老婆。一买东西，都是四份。绝对公平。

“那也是老男人了。”拉森说，“别说四个，一个我都没有。”

“你这么优秀的人，该是村里众多女孩追慕的。所以初次见面时我想，在十七八岁即可结婚的摩洛哥，你早该儿女绕膝了。可令我吃惊的是，你不仅没结婚，连女朋友都没有。”我不是奉承，28 岁的拉森有白净的脸，一点不像阿拉伯人。英俊文雅标致，又热情体贴温柔。

他笑笑。

“也可能是你生于此长于此，对村里的女孩太熟了，所以没有感觉。你干吗不去 moussem（穆塞姆节）上找呢？”我说。

每年的九月末，high atlas 地区会有 moussem。这是当地的柏柏尔人为即将到来的冬天买些储存物品，供奉 16 世纪抗击葡萄牙的英雄 Mghanni 的一个节日。也是求偶盛会。女方被家长带着，少女衣着亮丽，披圆形头饰，寡妇着装赤穆，披尖顶头饰，都戴着面纱。男性则需要把眼睛睁大，以免选择太多挑花了眼。很久以前，两个相爱的年轻人准备结婚，但因为来自敌对的部落，他们的父母坚决反对。他们，提斯里特和勒斯莉，携手跳进了湖里。那收起他们贞爱的湖，便开始以他们的名字命名。也从那时起，年轻人相爱，不必再征得父母的首肯。

“不是找不到女孩，是因为没钱人家不跟你。”拉森说。

结婚由男人出钱，这是阿拉伯人的传统。中世纪最少要 10 个银币，现在彩礼行情是 6 万块。拉森没有，而且“现在的女孩，都不愿和丈夫的家人同住，我也没有房子”。

何况，一旦结婚，父母就要求你生很多孩子。拉森有四个哥哥，四个姐姐。这在当地不算多，很多家有十六七个，最多的有二十个。而且，现在“孩子的教育费用也愈发让人承受不了”。

现在，这里的青年多是单身，所以拉森并不显得特别。

月光初照，我们看到昭微特三人从路的那边出现了。我们三个进屋去。

屋里靠墙是一圈蓝色的印花沙发，上面有蓝色的靠垫。对着对开的大门，是两块并排挂着的蓝色小挂毯。地上铺着蓝色的大地毯，上面是三块红色的小地毯。都是柏柏尔式的。

“那天一进门，我就注意到你很特别。”卡摩拉说。

我背着柏柏尔式的大背包，红、黄毛线编成，古老年代的样式。那是我在迪拜一家旧货店里淘来的。

说起柏柏尔人。

柏柏尔人的起源很少人知道。“柏柏尔”来自阿拉伯语中自拉丁文借来的“barbari”一词，象征来自 Maghreb 非拉丁语系的人。柏柏尔人居住于高山地区和部分沙漠区，依方言和分布区域来说可分成三个族群：Rif、Atlas、High Atlas。

公元前 5 世纪，摩洛哥是迦太基和柏柏尔人的天下。公元 8 世纪，阿拉伯人入侵。400 年后，又有一部分人跟随柏尼・伊拉前來。西班牙的天主教徒将境内的回教徒驱逐出境，而那些被驱逐到摩洛哥的回教徒又与当地的柏柏尔人融合，使柏柏尔人阿拉伯化。所以，今天的阿拉伯人和柏柏尔人难以区分。所以拉森几个说自己是阿拉伯人，更强调自己是柏柏尔人。

昭微特三人进屋了，他们是柏柏尔的音乐人。昭微特是琴手，弹柏柏尔人传统的“冈比贺”琴。他打扮得最像外面世界的年轻人，夹克，牛仔裤。虽然天已经黑了，他还戴着太阳镜。当然没在眼睛上，而是时髦地架在他卷曲的头发上。鼓手穆罕默德，穿白色带蓝色、棕色条纹的短袖 T 恤，脖子上缠着红丝巾。他敲大鼓、小鼓粘在一起的“达姆达姆”鼓，也敲单独一个的“达布卡”鼓。吉野坡演奏“里斯嘎捏特”，一种类似钹的小乐器。他在毛衣的外面套着短袖的蓝色长袍，紫红色的纯毛长围巾在脖子上绕了两圈。有时，白天，我会在卡斯巴他们家附近看到他们。多数时候，他们穿柏柏尔人白色或蓝色的长袍，头上有时有缠头。

柏柏尔音乐曲调变化不多，像他们的历史一般古老。歌词也非常简单：拉比亚蒙孩子，这是最好的花园……我也和他们一起唱《给那瓦》(部族的名称)或《色玛给柔》(我高兴)。我跟他们学敲达姆达姆鼓，也学怎么演奏“里斯嘎捏特”。我们的钹是一只手上一个，敲在一起作响。他们的要复杂些：两个用松紧带系在一起，外形比我们的小几号，用一只手演奏。大拇指套一边，小手指无名指套另一边。看似简单，初学却经常夹着手。演出是自娱自乐性质的，他们常常交换乐器。他们 7 岁左右开始学这些，各种乐器都玩得转。有时拉森和卡摩拉也上来敲鼓。

偶尔邻居出门，会把家里的小孩托付给这里，小孩也上来敲鼓。柏柏尔人都会。

“我要抽烟。”有时吉野坡说。他只伸嘴，卡摩拉负责把点好的烟递上。在轻飘的烟雾中，我仿佛看到柏柏尔人久远的从前。世事迁转，多少人在这里建功立业又被消灭，柏柏尔人，摩洛哥的土著，却万代千秋，生生不息。

卡摩拉有时也会剥开绿色的苹果糖，挨个儿塞进乐手们的嘴里。

地毯上，银制的大茶盘架在尺高的三足木架上。从银制茶壶里，流出用柏柏尔方式煮出的中国茶，倒入有银饰图案的玻璃杯里。“中国茶？”我感觉惊讶。拉森肯定地点头：“中国茶。你喝不出来？”有时太熟悉的，反而会不相信。

晚上，哈森也会到这里来。在开始两天带我游览的他，现在每天带不同的客人。应该是旅游带动的吧，村里人都有钱了，在玛拉河的对岸建起了新房。留在卡斯巴的，只有 10 户人家了。

倒是有店家租那里的房子，因为游客不断。玛拉河现在水还不多，不用骑驴，踩着排在水里的沙袋，就过去了。有时哈森正陪客人过河，却又突然转身回去。负柴的老妇，太小的孩子，总是他不放心的。

穿着随意的欧美游客，在卡斯巴前留影。我对他们喊“瓦泽在”，那是柏柏尔语，功用类似我们的“茄子”。

25 岁的哈森，7 岁开始上学，学了 10 年，高中毕业。他颇有语言天赋，能说西班牙语、法语和英语，去都市该会有更好的工作，但他喜欢本哈都这个只有 1000 人的村子。他 86 岁的父亲有十个儿子，他下面还有三个弟弟。黝黑面孔，洁白牙齿，闪亮笑容的他喜欢穿有花纹的短大衣，单身，没有女朋友。

有时我们也会去哈森家里。他大哥买买都从更南边的 mhamid 过来，那是 60 人的骆驼商队，费时两个半月，在撒哈拉走一圈。我眼里撒哈拉的历险，在买买都眼里，也就是插曲，至多是故事。我喜欢究根问底，买买都遂拿出地图给我讲得更具体。用了太久，地图已经破散成一条条的了。买买都把它们拼好，放在我们盘坐的地毯上。柏柏尔人没有床，他们都铺地毯睡地上。买买都也拿出医生的联络图给我看。书本那么大的一张纸，被硬塑料封着。那是法国医生的住地，分散在沙漠各处。“谁去找他们都可以吗？”我问。买买都骄傲地拿出了路牌。灰色铜铸的牌子，上面有蓝色的方块。“法国人给的。”他望着路牌半得意地说。19 世纪，摩洛哥还是法国的殖民地，1956 年才复国。但和突尼斯人一样，提起法国，他们总觉得什么都好。买买都揉了揉眼睛。在沙漠里走了 25 年，不怕别的，就是怕眼疾。

我问买买都多大了，他让我猜。

我天生愿意让别人欢喜。我猜他 30 岁。

不想他不高兴了："我在沙漠里走了 25 年，我现在 30？"

那天同去的一个男孩便猜他 45 岁。买买都大嘴一咧，从地毯上跳起来，和那男孩拥抱："怎么猜得那么准？那么准？！"

我在本哈都遇到的男子都是单身。30 岁之下的拉森他们没有女朋友，也是合世界潮流，我想，这 45 岁的，怎么也该娶妻生子家事兴旺了吧。便问买买都。他轻哼一声："我整年都在大漠上这么走，哪个女人肯跟我呀？"

温馨祥和的旧式家庭，真的已经走远了吗？

法律上允许娶四妻，实际上单身却这么多；和别人的太太握手，手指弯过去都算轻浮，街头的青年却那么喜欢尾随异性。这阿拉伯世界，真的奇妙难解呵。

有时我躺在床上了，耳旁还听到那零散的琴音。那些神秘、陌生、渐渐熟悉的琴音，总会持续一会儿，然后消散于这山谷的宁静。曾经我在弗雷迪·扬的镜头里不肯相信的这个地方，这拉森等人的故乡，这我终于来到却终究会离开的远方，身处此地，我却时常有不真实的幻梦感。有时群星即将隐去，山谷将在第一抹晨曦中醒来之时，我还在看书。望着那有着竹罩的灯，那麦秆编的棚顶，或是那床下洁白的山羊皮，我都会有微昏似梦的感觉。行走，流浪，青春之尾的梦，心底的一涓盲流。

漱口的时候会感觉微咸，玛拉河流淌的是不能饮用的咸水。我在露台上用早餐。几抹轻云开始聚散在摩国南方红色的山峦之上，蓝洁动人的长天之下。热浪不久就将闪烁而来，而后又将慢慢逝去。一切荣枯往复，生生不息。

2

lovers on the road

那个人，虽然他脸上布满尘土，神情也开始疲惫了。但是，他的一切，那么深地装在我心中。今年，我早早就开始等待他。我走到更远处，我能力的最远处，等待。

塞内加尔，偶遇一个女孩的梦想

带你去新鲜的地方

“你们的车再不停，我可就不付钱了。我想去的是达喀尔，可不是另外一个城市。”我喊。

我想到了北京那些骗人的一日五游。我也想到了欧洲的“高速公路游”，“窗口风光游”。听着那么诱人的欧洲七日或十日游，结果大多是在路上，大巴车上。为了节省费用，旅行社常常会安排游客夜宿郊区的旅店。

黑人的态度几乎没有差的，耶胡波更不例外：“现在达喀尔、圣路易已经人满为患，没什么好看的。到处都是欧美人，和巴黎没什么区别。你不是说你是个作家，想看特别的东西吗？现在，姆布尔、若阿勒和斯基林角，正成为新的海滨度假中心，这使得塞内加尔旅游点的布局更为合理。”耶胡波不紧不慢，字正腔圆地说。黑人总是这般慢性子。

“我难道是为了对塞内加尔的旅游事业做贡献才来这里的吗？”我向来是好态度，但这么半天还不到目的地，突然得知目的地被改变，我真是气坏了。

“保证不会让你失望的。”

蓝天碧海，椰林细沙，虽然桑戈马尔角确实是海滨度假好地，但这样的地方去多了，觉不出有什么好玩。“你们没有特别的？”我问。

“你对农村可感兴趣？”耶胡波问。

我说这个可以。我真不喜欢游人扎堆的地方，对边边角角更感兴趣。

我们就真到了乡下。

说乡下，也是被现代化装饰过的旅游区。整洁的石径小路，艳丽的三角梅，覆盖着茅草屋顶的高大房子。这些，在西非也看多了，我就问“有没有更特别的？”

耶胡波就把我带到他家了。

她心中的大漠英雄

他妹妹颜负责接待我。这个女孩，像她的名字一样简单扼要，扼要得只剩下礼貌了，和她哥哥一会儿闪眼睛，一会挤眉毛过于开朗的个性形成鲜明对比。虽然我清楚黑姑娘普遍要比黑小伙拘谨内向，可黑人普遍是乐观的，像颜这样总把大眼睛呆呆地望向一处、这么深沉的姑娘，我真还是第一次见到。物以稀为贵，我这个作家，也便暂时忘记了自己是旅游者，可能受骗的现实，对这本该热情招待我，而不是沉默的姑娘顿生兴致。

一会儿，一个穿“布布”白色袍子的男青年来找她。说了几句，这个光头，只在左耳朵上方留一块头发的男青年就走了。

“看起来这男孩对你不错。”我说。

“我感激他的只有一件事。有一阵，我们这里的姑娘都时髦用‘增白霜’。那东西很神奇，用几天就能使皮肤变淡。我也想用，可他跟我说‘安拉给我们的，是最好的’。我亏得听他的话了。用了那增白霜的姑娘，后来皮肤都坏了。那东西里有毒。”

黑人心思简单，没过多久，都没容我问什么，颜就给我讲开了。

“刚才来的那个小伙子叫迪乌夫。”颜说，笑了一下，“我可能就是因为这名字喜欢他的。你该知道吧，那是个大球星的名字，非洲足球先生。”

“他人不错，很有力气。在垒花生比赛时，常常获得姑娘的青睐，很多姑娘送手帕给他。他独看上我，回赠手帕和蜂蜜给我。他也很大方，他比赛所得的一麻袋花生都送给我家了。我本来也很喜欢他，可是，就在去年，情况发生了变化。”

“他又喜欢上别的姑娘？”我问。

“不是，我喜欢上了别人。”迟疑了一下，颜说，“一提到塞内加尔，很多人会想到汽车拉力赛。去年之前，我对这赛事一无所知，也不感兴趣。你不知道汽车拉力赛在塞内加尔的影响吧？有赛事的那段日子，真的，它是大家必谈的话题，在我们乡村也一样。我不是这里的，我来自南方。我不是耶胡波的妹妹，我是他表妹。

“那天我偶然路过赛场，偶然结识了那个男孩。‘姑娘，下次记住了，这是赛车，转瞬就会来到你身边。’他对我大声喊。他差点撞到我。

“是的，这么快就到了眼前，真是很神奇。我努力想记着他留下的印记，但是，那车辙留下的两道印记，也转瞬消失了。

“我们村前有片湖。那么清澈的湖水里，倒映着蓝天，白云，树林。这静谧的景色是我常见的，它就像我安宁而纯净的生活。但是，那些彩色的赛车，他的赛车，让我的心思翻滚起来，让这静谧的景色，也翻腾起来。我周围也有不错的青年，比如迪乌夫。他们在垒花生比赛中吸引很多女孩的目光，他们会踢那么漂亮的足球。如果他们有条件，可以参加达喀尔车赛，成为大漠英雄。但还是不一样，我太熟悉他们。但这些赛手不同，他们来自远方，来自对我来说神奇的异域。

“那个人，虽然他脸上布满尘土，神情也开始疲惫了。但是，他的一切，那么深地装在我心中。

“今年，我早早就开始等待他。我走到更远处，我能力的最远处，等待。我想指给他路线。你知道吗？找路也是取胜的关键，在沙漠里，经常会出现两辆赛车相对而驰的场面，那是他们找不到路了。我准备帮他挖陷入石缝的轮胎，或是剪去缠住他车子的骆驼草。你知道吗？人们称呼这个赛事是‘世上最艰难的拉力赛’。

“可是，他没有出现。

“我听村里的人说，马里的恐怖分子活动猖獗，他会不会因为迷路而被绑架？组委会考虑到这点，也可能因为马里的两个赛段异常艰苦吧，也可能因为一半的车手都退出了比赛，组委会取消了这个赛段的比赛。”

“你们那一遇是去年的事，你怎么就能确定他一定会参加今年的比赛？”我问。

“这对赛车手来说是事业，男人是不会轻易放弃自己的事业的。”稍停，她说，“他是个中国人，你能帮我打听出他是谁吗？”

如此天方夜谭？我说：“我对赛车一无所知。”

颜的天方夜谭，终于回到了现实，也更天方夜谭，“你有没有兄弟？”她突然问。

我稍一愣神，然后笑了：“有，可他不开赛车。”

“达喀尔拉力赛创始人，法国人萨宾曾说：‘对于参加的人，这是一项挑战；对于没参加的人来说，这是一个梦想。’”

“你也可以自己去参赛呀。”我说。

“还真有出色的女赛手。”

讲完自己那“神奇”的经历，颜的神色开始生动起来。她给我表演了一会儿刺绣，那是世界和平妇女会办的培训班上，她学来的手艺。她准备不久开个小裁缝店。“我要是店主，跟个赛车手就能相配些了。”

我看颜如何做咸鱼米饭，看她们怎么编辫子，看她同村的人是怎么跳手鼓舞。告别这个“傻”姑娘时，还真有些依依不舍。我表达出这个意思。她马上说：“你要去达喀尔？我陪你去。我对那里熟极了。”

她带我去摩尔市场，去凯尔美市场，让我领略这个西非“小巴黎”的繁华。她带我去格雷岛，那曾是运输黑奴的起点。她带我去索拉诺剧院，给我讲塞姆班和他的《黑女孩》、《汇票》，我还从未听一个黑女孩讲过电影呢。

在市场上，我常常被人拉住："小姐，你真的没有东西可以批发给我们吗？"

开始，我还颇为吃惊，颜解释说："市场，现在都被中国人垄断了。"

"小姐，你真的没有东西卖给我吗？我清醒得晚，那些中国商人都被别人缠上了。我必须开发新的资源。"

"我只是个旅游者。"我说。

3

lovers on the road

“我猜卡萨布兰卡一定有很多破碎的心，你知道我从未真正地去过那里。”

时光流转卡萨布兰卡

时光流转

红橡木圆茶几上是大大的浅底铜盘，上面盖着玻璃。玻璃上面，精美的杯子里是插着薄荷叶的鸡尾酒：一半红色，一半黄色。这杯名为“时光流转”的鸡尾酒是由 Marie Brizard 和柚子汁等混合而成，酒的味道很配它的名字。时光流转，是有那么点伤感苦涩，那么点昏黄古旧的。

我坐在红色的条纹沙发上，右手边是有着红色灯罩的老式台灯。台灯的铜柱上闪着暗光，远看，像蜡烛一样。

围着茶几的，还有两把装饰着铁钉的老式红色皮圈椅。我身后，是红色橡木围栏。也有没有围栏的座位，它们分两圈，围着三级台阶之上的吧台。吧台外面的棚顶，吊着一架木制螺旋桨飞机的模型。

还有一些老式电扇。有一扇，吊在舞台的右前方。幽暗的酒吧，只有舞台亮着光。光打在着白西装的黑人歌手身上，他有时也穿黑 T 恤，唯有歌喉是永远不变的美妙，深情，蕴含忧郁。他来自美国堪萨斯州。他右前方吹萨克斯的乐手，也善敲达姆达姆鼓，喜欢穿马甲，瘦小，摩洛哥人。

我有时也点“risk的蓝月亮”，这是用伏特加酒、库拉索酒、大麦糖浆、柠檬汁“鸡尾”而成。当然，用棕色朗姆酒、可可、奶油调和的“卡萨布兰卡”，也是众多客人的首选。当地的prestige啤酒，同样值得一尝。

我在卡萨布兰卡的卡萨布兰卡酒吧。

酒吧四壁贴着电影剧照、海报。舞台后面巨大的那张，是亨弗莱·鲍嘉。他脑门有些皱纹，双眉差不多拧成两座小山，颇沧桑的眼睛微微向上翻着，性感而含苦涩的嘴角微歪斜地衔支香烟。手里握把54手枪的这个男人，算不上英俊，却属于许多女孩的梦想。是战乱，是为大爱而牺牲小爱的精神让这男人深具魅力，让这影片永恒。但我想，假使没有这些，他们还是得分开。你一看就明白他是那样的男人。他会和你经历浪漫、欢爱、冒险，甚至背叛。你背叛了他伤心，他愈加深沉而更有魅力。他背叛了你绝望，他更不羁而愈蛊惑。他会有金钱，有地位，有逗你开心的心思技巧，却不会与你长相厮守。和这样人之间的爱情，就像瓷器，美丽，易碎。却也因为这易碎，才在你的青春里留下伤痛而闪亮的划痕。时间是能抹平伤疤的良药，这是对多数人而言。总有那么些人，在白日里看似安然，却在夜深人静时，难却心底狂潮。

是的，是的，分开是唯一的结局。英雄美人，太过浪漫的爱，是婚姻所不能承载的。否则，它就是隔壁的爱情，油盐酱醋，不会再被那么多人刻骨铭心。

一年中会有3个月，钢琴师是来自美国的另一个黑人，80多岁了，却极受欢迎。他是当年电影中的钢琴师山姆，鲍嘉家厨娘的儿子。因为擅唱能弹，而被鲍嘉发现。

看过两三遍这电影吧，时间太久，很多细节不再清晰了。印象中的 risk 酒吧，是很吵闹的。从电影里诞生的这酒吧，却安宁。音乐间歇的很多时候，你甚至听不到低语交谈。大家都在追想自己看这电影时的心绪，回想再不会来的青春时光吧。并不复杂的故事，却成了经典，成了美国电影史上百部浪漫片之首，大概和这电影所拍摄的时间有关吧。1942 年，正是二战白热化时期，失望情绪笼罩着人们，胜利的曙光邈远未见。这样背景下的反法西斯的浪漫爱情片，一问世，立刻轰动便可想象。而后来的我们爱上这影片，也是因它经停我们的青春岁月吧。所以记住的，绝不是银幕前的那几十分钟。苍穹下的个人悲欢之外，共同的，是卡萨布兰卡这五个字，它成了我们爱情的乌托邦，凄美的浪漫地，成了我们此生有机会定要拜访的地方。

最初知道这影片并不在卡萨拍的，是因为卡巴什。两年前，得知刚认识的他来自摩洛哥，我跟他谈起了这部电影。身为非洲发展银行行长的他，恰好认识《北非谍影》的导演迈克尔·寇梯斯。“那是寇梯斯眼中的卡萨。电影是在好莱坞拍的，他根本没去过卡萨。那时的卡萨没有电影中那样的老式电扇，根本就没有电扇。美国后来倒是出品了一种电扇，就叫卡萨布兰卡。”

电影不是在卡萨拍的，那么故事总会发生在那里吧？到卡萨后，不甘心的我又问了当地的一些老人，他们都摇头。故事好像是发生在丹吉尔。我因此去了卡萨北部的丹吉尔，那个扼直布罗陀海峡的城市确实更像是《北非谍影》的发生地。60 年前的丹吉尔是个自由港，各色人等聚居，二战时期更是谍报中心，也有许多“特别”的客人云集城里的巴黎咖啡馆。尽管知道得那么清楚了，但因了那电影，卡萨布兰卡这五个字所给我的浪漫而忧伤的想象，仍是任何别的城市所无法承载的。

既然这《北非谍影》和卡萨并无关联，那么，那个沙哑动听嗓音唱的脍炙人口的歌，总会发生在卡萨吧，因为记得有句是“Please come back to me in Casablanca”。找来那歌词，看了第一句便明白了。我印象中“I feel in love with you”不是“在”卡萨布兰卡，而是在“看”卡萨布兰卡这电影时。让我们知道卡萨的那电影和歌，其实都不发生在卡萨，创作人员甚至从未去过那里。我看不起的总那么套路、总那么雷同的好莱坞，确实是梦工厂呵。

认识一个男孩，在中学里教英语，喜创新的他总会讲些课本外的东西。有天就讲起了那沙哑磁性男声所唱的《卡萨布兰卡》。在开始讲那句“Making love on a long hot summer’s night”时，他脸红了，一时没有张口。他一心想把这歌介绍给学生，却忽略了歌词中这尴尬的一句。他正犹豫该怎么解释时，下面的学生喊“没事儿，老师，讲吧，讲吧，我们都知道”。

是啊，当中学生什么都懂时，时光确实流逝远去。而自己的青春，已经踪影难觅了。

在机场，在车站，在满街的人流中，我常常想：哪些个旅人，是因了那影片，那歌，而来这城市的呢？

我想很多人都知道那故事并不发生在卡萨，可他们和我一样也到这里寻梦。

酒吧的来客多是欧美人。有时也来一群日本人，行程所迫，喝一杯立刻就走了。

当《时光流转》突然又由那键盘流泻而出时，恍惚中，仿佛回到了影片中的 risk 酒吧。想起初看这电影时的情形，想起影片中的此曲响起时，为里克和伊尔莎的重遇而滚涌出的泪水。别人故事里，自己的泪水。

多年后，在异乡细雨的春天午夜，想想自己，有没有爱过里克那样沉默、不羁、谜一样的男人。命运没有安排好的爱，生活不肯成全的爱，不得不放手的爱……相悦的两情，最后总是别离。而今恩消怨散，那远去的时光，却会在自己的记忆中经久不衰。不说了，再来杯“日落”吧。

白色宫殿

虽然和那电影那歌并无关联，但卡萨的确是个迷人的城市。卡萨最初是柏柏尔人的首都。公元七世纪，柏柏尔人在安发小山下建立了此港口城市（今天卡萨的南部）。港口变得越来越重要，同西班牙、意大利、葡萄牙等国的贸易往来频繁。1468 年，葡萄牙突然神速地派出由一万士兵、50 艘战船组成的舰队，占领了 Berghouata state。绝望的人们弃城逃向拉巴特，拉巴特遂发展成摩洛哥今天美丽的首都，你同样会很喜欢的一个都市。

1755年葡萄牙人撤退，我不知这和当年葡萄牙本土的大地震有否关联。这大地震，让葡萄牙三分之一的人丧生，三分之二的建筑摧毁。葡萄牙人撤离后，1770年，穆罕默德苏丹下令建造这个改称“达尔贝达”的城市。达尔贝达，在阿拉伯语中意思是白房子。18世纪末，西班牙人得到在此港口贸易的特权，称它为卡萨布兰卡。在西班牙语中，卡萨布兰卡的意思是白色宫殿。20世纪初此城又遭法国占领。摩洛哥独立后恢复旧称达尔贝达，但人们仍习惯地叫它卡萨布兰卡。

隔着卡萨布兰卡酒吧的百叶窗，你会看到外面的车水马龙。这是卡萨的中心区，过条马路，就是麦地那（阿语老城的意思）。逛过的麦地那该有几十个了，却还是为这里心动。在墙上镶满彩色瓷砖的小店里，和当地人挤在一张桌上，喝碗叫比萨哈的豆子羹。也不管别人对东方女子好奇地打量，和他们一起围着那么大的盆，吃相当于5块人民币一碗的蜗牛。用姜等调料煮成的蜗牛，很鲜，跟法国很油的那种非常不同。跟法国优雅的吃法当然也不同，更来劲，上手，用牙签。有我们常见的那种牙签，也有别针拉直做成的，一个个插在橘子上。吃完肉，再喝汤，温暖亲密的空气中弥漫着淡淡的鲜味。身后不远，在烈日下凶猛生长的北非高树，在蓝暮的天空下呈现出舒展温柔的样子。阿拉伯人喜欢听好话，而且主动问你。你说喜欢这蜗牛，喜欢卡萨，他们就高兴得了不得，跟你一起说好，然后恨不得把知道的都讲给你。稍微空旷点的地方，还有踢最后几脚足球的男孩子。裹着头巾的年轻女人低头而过。把白色粗布围巾的两角咬在嘴上的老女人，趿拉着阿拉伯人把后帮踩在脚下的皮鞋巴布斯，慢慢走在古老的石头路上。她们的手上身上，总负重着什么。戴小圆帽的老头，则甩手自在。灯火通明的店铺里，精美的首饰、盒子、瓷器、玻璃制品、皮具、地毯、绣花皮鞋，一律阿拉伯风情。摩肩接踵的人群里，总有人搭话。或远远地喊你，对你作揖。也有假装伸拳动脚的，喊着“Jack chen”。那是外国男孩几乎都知道的，成龙的洋名。

薄荷茶香，阿拉伯人喜欢的各种熏香，羊皮制品淡淡的膻味，到处充满着不熟悉却真实的生活气息。

土褐色古老的城门下，手推车上有香酥的烤花生。手推车上，立着的小电炉还在工作，蓝紫色的光下，散着缓缓的热。小小的铜盘秤，称好后把花生装在牛皮纸小袋里，是微咸的脆香。也有烤栗子，灰白色，欲爆状，跟地中海彼岸意大利冬天街头兜售的那种不同。

麦地那之外，夜晚的城市同样闪亮动人。在我遍走的非洲，这是除南非几个城市外最繁华的地方，欧洲殖民都市中最迷人之处。在像它的宗主国法国那样有廊柱的建筑里，时装店一家接一家，放映最新大片的影院，卖各色阿拉伯点心的小店，风味餐馆、咖啡座……空气中，还有夜晚来不及驱散的阳光气息，植物气息，从城市北边吹来的大西洋的气息。大而亮的月亮，在蓝澄透明的天宇之上，无语静观这人世的昌盛，苍生的各态。

我有一个朋友在北非的利比亚。我去看他时，惊奇地得知他戒酒了。那么好酒的他戒酒了？一定有什么非同寻常的原因吧。

结果呢，是因为那里没有酒。八年不喝，确实不想喝了。那里也没有猪肉，多想吃，也只能等出差去别国时吃一些。利比亚的邻国突尼斯，只有一家法国人开的超市里有猪肉。在阿拉伯国家咱是不该提猪肉的事，可毫不夸张地说，街上的餐馆（法餐意餐除外），全部卖同样的东西，菜谱都是一样的。别说中餐，就是麦当劳、肯德基也没有。去过这样的国家之后，再来摩洛哥，真觉得进天堂了。不但吃的东西非常丰富，价格也便宜。最具当地特色的该是达锦。这是用鸡（或牛、羊肉）、土豆、胡萝卜、橄榄、柠檬等一起煮成的沙锅食品，味道绝美。雷则贝纳特，用菜沫子做成的菜，有一点酸，我也非常喜欢。鲜榨汁店，常常是年轻人歇脚的地方，那里也有点心和酸奶卖。酸奶不是超市里那种包装，是放在玻璃杯中，一排排冰在那里。店里的东西都不贵，大大的一杯由四种水果榨成的混合汁，才合人民币 12 块。高高的杯中，红、黄、绿、白，煞是好看。

酒吧里通常有乐队。阿拉伯念经一样的歌曲里注入些流行因素，也有欧美音乐。要看摩洛哥舞蹈，通常得午夜之后。有裹面纱的女人，进了晦暗的室内，就着装暴露起来。保镖门口站立，来客几乎清一色男人的夜总会，我不知道她们除了跳舞外还做不做别的。不知内情，我不能乱讲。

卡萨的繁华，其实早上便开始了。漂亮的私家车，顶着行李箱的红色小出租车，从港口进鱼的半自动脚踏车……喧嚣的车流旁，是行色匆匆的上班族，在衣服外面套着白色短袖半大袍子的学生。

卫生不算太好，但还是遮掩不住卡萨的迷人。蓝天白云，椰枣树，灿烂阳光，卡萨的广场一派北非独有的风光。

棕榈树、三角梅掩映的高树繁花下，一座座别墅气派精美，但往往一街之隔，就是贫民区。这点你一进卡萨就能看到。那些低矮的屋棚趴在别墅的不远处，在拥挤的空间里流转他们的日常和人生。

和许多发展中国家一样，卡萨的繁华中也夹杂着混乱。这不是可以随意兑换外币的国家，但是，餐厅、酒店、博物馆、清真寺，几乎所有地方，你都可以换到当地的货币第纳尔。所以，完全不必四处找银行。

第一次参观著名的哈桑二世清真寺时，去得早，还没有开门。但是，给了警卫几十块钱，他管辖范围内的地方，我便随意转了。我是个万事随意的人，第二次去，又赶上休息。我打电话给朋友阿卜德里兰，他赶来，也就把我带进去了。

在卡萨，这个清真寺最值得一看。这是伊斯兰教传得最远的地方，是这地球上最西边的清真寺。地块是填海造出来的，远看，就像是在大海上。蓝天之下，大西洋碧波之上，卡萨一片白房屋之中，这绿顶的清真寺壮丽明阔。这个可容 10 万人的清真寺是当地最高建筑，花费 5 亿美元。政府出资 2 亿，其他由包括海外人士在内的私人所捐。这是伊斯兰世界最现代的清真寺，地面直接供暖，24 扇自动窗在上面采光。

我的卡萨寄居生活

夜晚的卡萨，有时会落一场雨。街头的人们也不疾走，还迈原来的步伐，打伞的几乎没有。被我拦住的两个姑娘，不知为何见了我狂笑。我要找的地方，她们一个指东，一个指西，口中有并不令人讨厌的酒精味。在我说"谢谢"转身走开后，喊我，对我飞吻的她们，日后和我成了朋友。我掉了东西，而她们，第二天，竟然在我们相遇的地方等我一个上午。昨天雨夜醉狂的两个女孩，在白日的阳光里安宁下来。努赫儿和男朋友分手了，以醉疗愁；努赫儿陪她。两个迥异的漂亮女孩，都叫努赫儿。我以为对我闪眼睛的她们还开玩笑呢，直到她们拿出身份证明，"姓不同"。从此，我开始叫她们的姓。还是觉得啰嗦，索性分别叫她们努儿、赫儿。

我们去海边。在蓝色的小棚子下，我们躺在白色的躺椅上。翻涌的大西洋，远看，是平静的一大片蓝。这样的距离，波平如镜，灰已经飞，烟早已灭。这处变不惊的时间之海，抚平人的伤口，拂去一代代人。就想那沙滩的邻人、自己，彩色的肥皂泡一样，终会破散在时间的浩渺中。

去努儿家做客。繁盛的烛光下，宴会厅里闪着摇曳迷人的光。绣花桌布上点缀着玫瑰花瓣。香炉里燃着檀木熏香。

我被献上一小枝香橙花。一个大铜壶里倒出水来为我洗手。我的盘子不停地被添满。同时，主人不停地重复 marhaba（欢迎）。开始张嘴之前，要念 bismillah（真主的名字），结束时，高声说 hamdoulillah（感谢真主）。

我生性好奇，什么都问。问着问着，就进了人家的厨房。

以后每到努儿家，她亲善的母亲大德都会教好吃的我做各种摩洛哥美食。北非和西非都吃谷斯谷斯，一种像小米一样的粗粉。西非的很多人家把黄油和葡萄干拌在其中，浇上热水，焖几分钟。北非则在谷斯谷斯蒸熟之后，浇上用月桂叶、杜松子叶烧开的水，用橄榄油搅拌。同时烧一锅高汤，连汤带肉，再加上蔬菜，与谷斯谷斯一同上锅蒸。最经常做的是谷斯谷斯阿纽（法语，羊肉），谷斯谷斯不累（法语，鸡肉）。摩洛哥的谷斯谷斯，该是北非中最为丰盛华美的，里面的蔬菜繁多。橙灿灿一片中，点缀着紫色橄榄，分外好看。

在镶着彩色瓷砖，水法吹来阵阵凉意的三进花园，我们坐在铺着坐毯的石头长椅上喝下午茶。繁茂高树没有遮住的地方，明晃着北非灼人的阳光，银亮亮的，熔浆一般。我们背靠的房子，是大德家族的图书馆。在保持着祖上原貌的阴凉房间里，墙上，有大德曾祖父的照片。这个给家族带来兴旺的男人，曾去过“神秘的中国”。他过地中海、红海、阿拉伯海，又经印度洋、南海，到了遥远中国的广州。他一路交换自己的所带，到广州上岸时，货船满载了光鲜美艳的各种货色。阿拉伯人天生的生意头脑让他赚足了钱。他在那里一待就是 6 年。6 年后他回来，在这里建立起家族富裕的根基。在这异国的花园，这异国女人的讲述中，我仿佛看到了那个男人激昂的青春。他个子不高，褐色皮肤，唇上留着小胡子；因为大太阳的原因吧，眼睛总眯着，浓重的一字眉微微皱着。在时光迟缓、植物香迷的午后花园，我吃着切成小块的薄荷绿色的果仁糖，有时会微微恍惚。我想起我在马可·波罗的故乡，听当地人传说的：从中国淘金的马可·波罗回来后，家人不让他进门了。他拿出他在“遍地黄金”的中国获取的宝贝，家人这才高兴地将他迎进门。不知这个离家 6 年后才归家的男人，受到的是怎样的礼遇。在时光的轻舒慢卷中，这些已经失散的细节，怕只有照片上的这个男人自己才记得吧。其实那已不是他，那只是时光留住的他的一瞬，僵硬的，不能听不能讲的一个纸上影子。过去的，也便永远不在了，你不能不这么承认。会有什么永远活于你心头，但那是旧人的曾经。因为你再触碰不到，而徒添伤怀。

日常生活已不能将这年轻男人的心安稳下来，他又出发了。一去又是 5 年，回来的却是尸体了，跟他一起回来的大船倒满载着财宝。“尸骨漂洋过海万里还乡，当然算奇迹。”大德说，“可事实不是人们传说的那样。船上还有个人，中国人吴常。吴常是在印尼搭船准备去斯里兰卡的。刚走了一天，船上的几个摩洛哥人相继被热病击倒了。因为几年都没有得这个病，所以没有准备新药。旧药又受潮，早粘在一起没用了。病情来势汹汹，几个人很快都奄奄一息了。‘我不能这么没有责任地死去。如果有机会，请把这个纸条交给我家人。’我曾祖父写了两行字，又写下故乡的地址，交给吴常。就因为这个我想我曾祖父基本不抱希望的托付，吴常没有去他的目的地斯里兰卡，而是远赴重洋，来到了摩洛哥。他应该是一个很有经验的船员，知道躲风避浪，但因为太急于实现别人的重托，他没有像我曾祖父那样在很多港口停靠，修整一阵，从容航行。所以他到摩洛哥时，已是积劳成疾，一下子病倒了。家人为曾祖父的不测悲痛，为这满船的财宝意外，更为这陌生男人的所做感激、惊异，以至于不知该怎么办了。这不算什么，那吴常说，在你们国家，有这么个故事：一个人在桥边等他相约的朋友，不料突然发大水了。这个人却不走，因为他和朋友有约。后来他淹死了。吴常发着烧，所以家里人以为他是在说胡话。后来他们问了一个好不容易遇见的中国人，说是有这么个故事。”

“古时候的故事了。”我说。

“他也真不嫌费劲。要我，直接抛尸大海，把满载财宝的船开到斯里兰卡。”努儿说，“或者，我直接跑到一个荒岛上，建立自己的王国。”

“别听她说。”大德道，“她愿意过嘴瘾，心肠却好得不得了。”

我说知道。

“然后，那男人留下了？娶了你曾祖父的女儿？”我猜测。

“小说看多了，你？”努儿笑着，轻捶我一拳。

“哪里？吴常病还未好，就从我们家悄然离开。我们实在请不出这个万里把人和船送回来的人，邻里乡亲才传说我曾祖父是尸骨还乡。”大德说，“我曾祖父也没有女儿，只有一个儿子。”

“那就是你们的错了。”努儿说，“人家吴常看你们家没有女儿，没有可娶的希望，所以才悄悄走了嘛。”

“别满嘴胡话。”大德打了努儿一巴掌，“也许安拉是公平的，他让我们家多金多银，却子息不旺。我曾祖父、祖父都只有一个儿子，我父亲也只有我这么一个女儿，他来不及娶二房就病死了。”他没有看到女儿的婚礼。如果他在，大德很可能就没有这桩婚姻了。经亲戚介绍，大德认识了一个阿拉伯青年。就在“盖不来”（伊斯兰的允婚）之前，大德的母亲很偶然地认识了一个中国老者。老者见了她，第一句就是“你们家要有喜事了”，说得大德的母亲颇惊异。然后，老者又把大德家里的旧事说得基本不差。穆斯林是不允许测八字论生肖的，但犹恐女儿和祖辈一样，她便把大德和那青年的生辰告诉了老者。老者叹了一口气说：“宁拆十座庙，不拆一对婚。按说，我是不该说什么的，可你这寡居的女人要是再失去这唯一的女儿，恐怕忧衰不起了。我看你心地善良，不妨直言于你。你女儿明天要是与那青年允婚，则余命无几，行归于尽。”大德听了母亲的劝说，没有允那个婚。一年后，又经人介绍，她和路德维认识了。

“夫婿入赘，则你们家香火就会慢慢旺上来。”果然，这一脉单传了百年的富家，很快有了两个子嗣。在看到好貌多慧的外孙去首都工作后，老太太闭眼了。

当初母亲告知真正的理由，让她拒绝那个阿拉伯青年时，大德虽按母亲的意思做了，心里却还是有些耿耿于怀。但她慢慢明白了，为什么先知穆罕默德会说“天堂在母亲脚下”。

“看相与风水已风行欧美了。”大德对我说，“克林顿出了那么大事，却没有下台，就是因为有高人去白宫为他化解了。还有富豪川普，为了避凶，在纽约林肯中心五星级酒店门前，建了个几百万元的不锈钢地球仪。”

“那路德维对住到你家没有异议吗？”我问。

“善待双亲，是穆斯林的优良传统。我母亲寡居，又体弱多病，他过来与我们住也在情理。何况他们家儿子多，没有能力给新人准备房子。”

我参加过阿拉伯的婚礼，当时东问西问，倒忘了请教那很多女人突然夜莺一样高声婉转地叫起“噜噜噜噜……”是怎么回事。大德笑了：“那之前，你注意到一个女人吊高嗓子，半说半唱吗？她说的是赞美新人祝福新人的吉祥话，其他女人‘噜噜噜’是表示赞同、高兴。”说着，大德就“噜噜噜”起来。刚几声，赶紧掩口。

我们都不曾注意到夜半的来临。

“人家会以为夜莺在歌唱。”我说。大德的嗓子悠扬而高美。

“什么夜莺，人家都知道这是干什么。”大德说，“不过我们家向来中规中矩，偶一为之，邻里也不会怪罪的。”

“你就说客人所为好了。”我说。

大德笑了：“你不是少女，我更早就不是了。但不知为什么，见了你，就好像回到天真的少女时代。女人，阿拉伯女人，一结婚，自己就完全没有了。”不过说起自己的婚礼，大德的眼睛还是晶晶发亮。第一天，她要去土耳其浴室沐浴。第二天，奈格法特的能手，用从散沫花中提炼的染料，将她的手脚都画上棕红色的图案。之后，盛宴开始了，一大堆来宾聚在一起听阿拉伯传统音乐。新娘新郎，盛装，一晚上换好几套。黎明来临，新人在亲朋好友的陪伴下，去清真寺。

大德倒更喜欢乡下的婚礼。新娘骑着骡子或马，周围跟着一大群女人，唱着告别的催人断肠歌。新娘被带到庭院，新郎在那里等她。女人们唱着跳着。新郎和亲朋、家人，向孩子们扔干果。晚上，接着跳柏柏尔舞，ahouach 或 ahidous。

不是爱这新郎，大德才喜欢婚礼，她只是喜欢婚礼。所以女友乡下的婚礼，她能去的都去。那是她们无忧虑少女时代的结束。各自结婚，忙于家庭，她们之间的联系越来越少了。她成了只在这个深深庭院活动，全身心献给这个家的女人。

我本准备用待女友母亲、阿姨的态度来对大德，谁知几次下来就和她熟谙得不分辈分了。也不好分，我比努儿大十岁，比大德小 14 岁。我这“白捡来的女友”，“从女儿手上抢来的女友”让大德“变了个人似的”。她邀请我住到她家。我再三的犹豫被她再四再五的劝说，被努儿一旁的煽风点火打动，于是进了这亲切却仍陌生的阿拉伯家庭。大德打扫有三张单人床的客房，欢快无比：“虽然就你一人，但不知怎么，好像觉得有盛宴似的。这家里有过一些聚会，但没有一次客人是我的。”

庭院别致华美，植物郁茂青翠；内室典雅富丽，家具豪华特别。连墙壁上的电灯开关，都包着精美的金饰银饰。更迷人的，是这老房子和老房子里的旧物留下的神秘古老气息。院中的墙上，有因时光而斑驳的绘着海神的马赛克画；室内，有女人手持方头巾舞蹈的艳丽油画，也有本·阿拉、雅库比孩子般天真的绘画。

努儿去巴黎上大学的第三年，大德从街上拣回一个少年。她说那是自己的远房亲戚，路德维也未多问，就算他知道些什么，也不会说的。他无时间排解大德的寂寞，对她的所作所为也睁一只眼闭一只眼。“街上乞讨的孩子，该谋生人世去学一些实用的技能。”后来路德维说。大德却还是一意孤行地教他文化。这个叫法逖的聪颖男孩一头扎进了家里的图书馆，他最迷保罗·鲍尔斯的书。像本·阿拉、雅库比等人一样，他也取材于保罗·鲍尔斯的故事，开始用铅笔自学画画。初始还避着大德，因为画画和读书不同，需要更多成本。在他的画中，大德看出了天才的某些痕迹。大德给他请了老师。法逖后来喜欢上了杰奎斯·玛嘉瑞尔。这个西方画家 1917 年发现马拉喀什，被它的风景迷住，1932 年定居此地。他在棕榈树林的边上建了一所房子，能俯瞰葱翠的花园。这个神奇魔幻的地方，现在人们叫它玛嘉瑞尔花园。阿特拉斯的城堡和风景是他灵感的来源。今天，他还因为“马拉喀什的画家”而为人们知晓。

法逖学这个画家，去了马拉喀什，再也没有回来。

“有时我睡不着，起身来到庭院。月色朗朗，我开始想念法逖。他非我亲生，我却用整个身心养育过他。我对他的想念也不同于对自己孩子的想念，因为他梦一般出现，然后消失，再不会来。但我知道，无论何时，这对我们来说都是温暖的记忆。有这点，足够了。虽然有时我也会想：这个我想借由他去实现自己某些模糊理想的聪颖孩子法逖，真的存在过吗？”

在阿拉伯女人还普遍被男人压迫的生活中，大德，这个哪也去不了的女人，是怎么在家里，悄悄保住一点私己生活，自己的一星幻想？而我，有时望着这个阿拉伯庭院，闻着阿拉伯人浓郁的熏香；或登上顶楼平台，望着蜿蜒小巷里的袍子男人和女人，看夕阳将卡萨的白房子渡上淡淡的金黄；或是 7 点、12 点、16 点、19 点、20 点，一天五次的祈祷哪次被我过分地注意到了，而后发现全城湮灭在一片诵经声中；抑或就是一支阿拉伯慢板协奏曲；几行把生死忧乐都能绕在里面的神秘阿拉伯文字，都会令我短暂地迷惑：自己怎么生活在这里？会不会是一场梦呢？

大多时候，我和大德一起吃完早餐，便在 9 点开始写作，在大德新近为我收拾出来的一间书房里。蓝色的窗户对着二进庭院，俊挺的雪松直直地伸向蓝湛湛的天。尽管我说过我写作时从来不怕打扰，但大德常常还是替我拉上窗帘，挡上北非热烈的大太阳，然后悄然退去。院子里一片静谧。

午睡后，我会去大德的房间。中国驻摩洛哥前任大使的夫人司徒双来卡萨讲座时，大德欣然前往，并学会了读鼎、秦、龙、西安、长城等汉字。“那时人太多。我抢不上前去请教，就想着何时能来个中国老师，专门教我一人。”大德看着我说，“所以，不能轻易放你走啦。”说罢，便让我朗诵中文。我从小贪玩，唐诗宋词背不下几首，遂一时不知该朗诵什么。见我半天拿不来主意，大德找来阿·迈·贾伦的诗集《蓓蕾》。我初通法语，但仗着自己是写字的，也就敢说。是那首《大海》：

人建起的山一般高的建筑

那么像

沙的城堡

孩子们高兴、认真地把它筑起

……

潮水涨落之中

岁月悄悄溜走

有时晚上我会再请教努儿，得到诗中更准确的意思：

你激荡的波涛已从

潮涨汐落中带走了岁月

……

大德最喜欢的摩洛哥作家是本·哲伦，正看他的《跟我的孩子解释伊斯兰》。“9·11”之后，他的孩子问“是不是伊斯兰人都是坏人呀？”已在20世纪70年代定居法国的作家，萌生了写这本小书的想法。我在巴黎的时候，见过这本畅销小书。

“跟本·哲伦一样，我对改变成人不抱希望。”大德说。

谁又抱希望呢？

努儿也喜欢这个作家，更喜欢读他的《沙的孩子》、《神圣的夜》。

更多时候，我们看阿拉伯夸张的电视剧。“你想了解阿拉伯人的生活，最好得学会阿语。”大德说，总强行教我。看到廊下挂着的石头鱼就说，“鱼，麦西露巴”。看到喷水的水法，就说，“水，魅”。对语言天生不敏感的我混沌沌地听着，一个劲地说“肖克浪”（阿语，谢谢）。

电视是表演艺术，又有大德在旁边翻译，我也能懂个八九不离十。我倒挺喜欢他们的传统喜剧《喜财神》。有时卫星天线会把黎巴嫩的爱莉萨传送过来。看到这个跳艳舞的妖媚女人，这个令阿拉伯男人惊恐的女人，努儿和所有的年轻人一样心花怒放。大德会不做声。碰巧被路德维看到了，他也不会像别的阿拉伯男人或老一辈女人那么咒骂，他只是自己走开。

时光迁流，很多东西解脱阳光的束缚，清醒放松下来。我和大德在三进庭院里喝茶，惠风送来花草的芳香。日暮时分，我们也会坐在有玻璃顶的花园里，看阳光隐去，把东西的影子收起来。天气热起来了，会有从撒哈拉吹来的西蒙风。我们搬到了一进大门，夏天呆的卧房里。

“那巧夺天工的古代珍宝，那司徒双女士娓娓动听的讲解，把我带进了中华古老的艺术殿堂。我更向往中国了。”大德回忆说。

“我后来又在电视中看到大使夫人练太极、舞剑。”大德说，问我能否教她。

“我在北京的时候，作为记者，采访过太极修炼大会。回家了，就自己比划上了。我妈进门见我这样，颇惊异：‘女儿，我知道你跳不了劲舞（我小脑不发达，不会很快地运动。鼠标双击都学了半天），可也不至于跳得这么慢吧。’听她这话，我估计自己是练得太不成样子，之后便放手了。至于舞剑，我不知道是我舞剑，还是剑舞我。我怕伤了别人，更怕伤了自己（后来，在黑非洲，我倒真有机会学习了一番剑法）。”

大德哈哈大笑。

知道大德家住了个中国女子，邻居女孩那吉巴拿来红色和黄色的线绳，让我教她怎么编中国结。虽然我告诉她，大部分中国女子并不会编中国结，可还是觉得很没面子。是中国人，却没有拿手的中国本事，我觉得很懊恼。得知大德有慢性结肠炎后，我决定用艾灸试试。我 E-mail 给我老妈，让她去中药房买些艾条快邮过来，怕她问东问西解释起来烦，我又让她买些何首乌等，结果还是没躲过盘问。“吃何首乌，当然为了头发黑呀。艾条，也是类似的功用嘛。”“你不是刚把头发染成梅子红吗？现在又吃何首乌？我看你还是先补补神经吧。”老妈虽这么说，还是把我要的东西快邮过来了。包裹到时，大德吓了一跳。这里的地址，我不是向她问的，她更想不到会有包裹从遥远的中国过来。

“以为又有财宝来了？”我打趣。

“反正跟中国沾边的，都挺神奇。”

“我想给你治治结肠炎。”我打开包裹，“如果你敢的话。”

“我估计你行，否则不会费这么大劲让家里寄东西。”

“我祖上都是中医。”

我用艾条取穴于膀胱经的昆仑穴和肾经的燃谷穴，两穴四个部位各灸 15 分钟，又配合灸足三里和天枢两穴。一个半月，大德的慢性结肠炎便好了。后来，那吉巴的母亲患了荨麻疹又来找我。我让她俯卧，在她后背六到七节胸椎至阳穴两侧肋骨肝俞和膈俞穴，用手掌按摩。两次下来，便痊愈了。如此五次三番，我的胆子更大了。我 E-mail 给我老妈，让她把家里的《甲乙经》复印一下，给我寄来。我老妈向来三两天才会给我回信，这回急了："你一向马虎，不求甚解，那错几毫米穴位就不对了。再说，那外国人，身体结构跟咱能丝毫不差吗？要是弄出人命来，那你就不是环球旅行家，而是国际在逃犯了。我看你也别涉身触命的，你不是正研究《道德经》吗，给她们讲讲那个。你不是说富贵者送人以财，仁义者送人以言吗？伊斯兰妇女的柔德，我估计像水的上善：天下莫柔弱于水，而攻坚强者莫之能胜。因其无有，故能入于无间。"

我回信说：估计上次没有给你讲通彻，老子所提倡的"无为"，其实是"无不为"；他说"守静"，实是"制动"；他甘"居后"，却能"占先"。

我老妈说：你的思想高悬太空，我则立足俗世。你接着光辉灿烂吧，我给你老爸做饭去了。

治病救人虽也是我的一个梦想，但估计如此一把年纪，记忆力已经开始衰退，再开始背书识草也太晚了。而且，我也不能久居此地。不大动干戈了，也就用香油蒸鸡蛋给人治治咳嗽，拉耳垂给人治治头痛。我写信汇报我的情况时提了这点，我老妈说："这些行。记住，别以为是中国人，就能在洋人面前装华佗。你也就是一生活小百科。"气得我再不给她禀报相关事了。实在没什么好说的，我遂又说起大德家的一只猫。白色，背上有黑花纹。我想我说猫，我老妈总不会再挤对我了吧。谁知她又惊乍起来：上次你说她们家不是一只纯白猫吗？怎么背上有黑花纹了？是不是吃了你用何首乌炖的东西开始长黑毛了？我说：它们压根儿就不是一只猫。北非猫市繁盛。这里人喜欢猫，因为一猫七命

（咱说一猫九命。我特意标明了这点，否则我老妈觉得我又马虎说错了），而且，他们相信猫是神，能治病。我老妈接下来的来信先哈哈几声，然后说：既然他们的猫都能看病，你赶紧歇手吧。

三进花园东边，十几级台阶之上，是私家清真寺。铺着阿拉伯手编地毯的石头屋子里，一片清凉。清真寺有扇门，通外面的街巷。这家里的另扇大门，是路德维常走的。跟伊斯兰国家的那些老头一样，他在咖啡馆里度日，早餐也在那里吃。有天早上，咖啡馆里来了两个自驾游的英国老头。喝了浓咖啡，吃了夸桑（羊角面包）之后，他们问咖啡馆老板哪里能换蓄电池。热心的路德维自告奋勇领他们前去。这么大年纪共同驾车旅行，已够路德维羡慕了。出得大门，看到一辆吉普用缆绳牵着另辆吉普，得知两个老头是各自驾车，路德维真是惊慕了。那之后，他也准备驾车出游。“你跟英国人能比吗？他们祖上就四处乱走。”家人劝他。他哪里听得进去。他的理由众多，就是绝口不提大德祖上的那些灿烂事。那是斋月，日落开始能进食时，他也赌气不吃。

这年斋月，我也在伊斯兰国家。生性不求甚解的我，把酒店送来的通知看成了请我参观斋月。我住的是五星级酒店的公寓，每周都有免费的巴士去景区，也经常有画展、时装秀等。所以组织大家参观斋月，我觉得不奇怪。我奇怪的只是参观斋月的“水房”，而且没写何时出发。我去酒店的大堂询问。“我带你去。”英俊的先生在我的问题后说。我说我去开车，他说不必。“不必？”“走路，一会儿就到了。”走路？我想着周围，哪里有斋月能参观呢？“一会儿就到了。”他说着，向公寓方向走。我突然明白了：通知说的是，斋月期间水房（洗衣中心）的运营时间。我说知道了知道了，慌忙将那人打发走。这么近，是不用开车，否则就得上楼了。我逃进与洗衣中心隔条花园小径的公寓，将桌上的通知拿起来。两句话中，我竟有两个单词不曾注意。在我自己的国家，我同样也会出类似笑话。我去京西宾馆采访一个会议，警卫不让我进，说是没有这个会。我打电话给主任，“京西宾馆没有那个会”。主任大笑：“谁说是京西宾馆了？我刚说‘离我们报社最近的宾馆’，你就将电话挂了，我还以为你知道呢。”

最后，在拉巴特工作的大儿子回来了，劝住了路德维。他在家里狂睡了两周。其实，他并不爱旅行，他崇尚的是那种生活：像他遥远的祖先一样，裹着缠头，在甲胄装饰着蓝宝石的战马上，高举长枪，把土路踏成滚滚烟尘。那才是一个男人的生活，而不是现在跳那种军刀舞做做样子。

他更长久地把自己放在咖啡馆里。那是一个男人的自尊自大还在茂盛增长，世界却不能再被他们改变一丝一毫时，唯一能保持的方式吧。近十年来，他唯一得意的，是那次在家里举办的音乐会。在二进庭院，围着花坛，他们让手中的乌德琴、雷贝琴、提琴演奏出美妙的旋律。乐队全是男人，听众也全是男人。他们一律穿白色长袍，有“五六十人”。（每当说到这时，努儿总纠正：“什么五六十，多说也就三十人。”）有时，看到他倚在二楼蓝色栏杆上望着庭院出神，我都想：他是否还在遥想那音乐会的盛况？

不像热情得有些纠缠的阿拉伯男青年，路德维对女人很冷漠。他只跟我说过两次话。第一次，他拿着阿拉伯男人常戴的小红毡帽过来，给我看里面的商标："这都是中国造的。"颇奇怪的语气让我没明白他什么意思，所以我哼哼哈哈没说什么。另一次，他问我阿拉伯音乐怎么样。或许讨厌阿拉伯人等你说好的习惯，或许是几年国外生活让含蓄的我爽直起来，我说"这个问题我请教过黑人也请教过白人。他们一个说'阿拉伯人没有音乐'，一个说'阿拉伯音乐太悲伤'"。路德维没有得到满意的答案，遂不再理我。

有时他晚上回家，得知餐桌上像模像样的凯芙塔（kefta）或玛斯威（mashwi）是我做的也无甚表情，不说好也不说不好。因为他的冷漠，我几次想搬出去，无奈大德和努儿百般挽留。

"我们其实也特烦他。"努儿说，"也不是简单的烦，是很复杂的感情。我很爱他，可是，他走开不在时，我觉得更踏实。"

"有时我想，如果父亲不是只娶了这一房太太，有其他姐妹陪伴，我母亲也许就没有这么寂寞。"努儿说，"我在巴黎上学的那几年，这么大院子，基本只有她一个人。怕闲出病来，她坚决不请保姆。父亲就像个影子一样，朝升暮落。"

"许是知道自己给不了我母亲快乐，所以他从不干涉我母亲。我父亲其实不讨厌你，否则他都不会和你一起吃饭。他对你这个态度，我想是因为他妒忌我母亲祖上的那段辉煌，和中国人吴常那短暂却不寻常的友谊。他从未提那件事半句，但暗中努力想做出点什么，虽然他什么也做不出。现在他老了，更什么都干不了了。”努儿说，“他比一般男人心肠好。他心里感激你给我母亲带来的快乐，虽然他的表情仍旧很木。”

努儿有自己的工作，真倒是我陪伴了大德这个不老的妇人。

我开车带她去海边。心情迥然，看的海也迥然。晒太阳的，游泳的，散步的，扬帆的，大西洋边这黄金海岸，充溢着热烈愉快的色彩和气氛。微风轻拂的浩蓝大海上，有时会有片片彩云飞来，在海面投下深蓝的云影。有时会有蓝色的木船，半翻在岸边，上面站着成排的海鸥。我让大德也下海游会儿，她东借西借托辞，反正就是不动。有天，我正准备游回岸边，突然看到着长长袍子的大德在海里。不小心掉海里了？从沙滩掉到海里，也倒挺难。或是在岸边被谁推倒了，被浪卷到了海里？我脑袋在高中体育课被铅球砸过后，就没那么好使了。我百思千转也没搞懂为什么，只有惊恐地向大德游去。原来她是在游泳！穿着大袍子游泳！有些年轻女人也这么下海，在先生的陪伴下，游到众人看不到的远处，再把袍子脱下。清透的水里、岸边，有不少上身不挂一丝的法国女人，阳光晒出的红斑，岁月留下的褐斑清晰可见。阴郁欧洲的来客，享受着北非的好太阳。有时我们都不下水，就在金色沙滩上的彩色阳伞下，坐那么一个下午，直到残阳将眼前的一切涂抹上微红。

我们去宿克（阿拉伯市场），去麦地那。见我对人家的手工织毯感兴趣，大德便让我上去试。店老板是大德的朋友，笑着拉我上去。坐在木头长凳上的织毯女人拘谨地笑着，往右边移移，留出空位置给我。我比脚灵巧不到哪里的手，拿了几段彩色羊毛线，大胆地在人家织到一半的地毯上编（我觉得更像是编）。有时也跑到铜器制品的小摊位上，“赶走”工匠，自己上手，用小锤子敲那么一阵。有次去蒙那沙的店里，新来的店小二觉得我是那种“败家”的外国女游客，上来热情地为我介绍，着重推荐一款褐色木头首饰盒。他把盒子拿在手里，卖弄地问：“你知道怎么打开吗？”我接过盒子，熟练地左拆右装，然后拉出底层一个浅浅的不为人注意的小抽屉，把钥匙拿出；又动了个机关，上去开锁。那店小二看愣了：“我都没有你熟练。”“她是欺负你新来的。”老板蒙那沙过来说。我说：“你们阿拉伯人脑袋是好使，能设计出如此精巧的盒子。”听得好话，他们都眉开眼笑，开始自己夸这盒子做得好，精巧又保险。“精巧是精巧，可戴一次首饰还得这么大动干戈，我可不干。”我说，“说到保险，我要是小偷，根本不费这么大劲找钥匙，我直接就把盒子拿走。”“拿走盒子多引人注意！”

有些阿拉伯人顺手什么都牵的习惯，倒真让我佩服。住突尼斯时，我的英国女邻居说她冰箱里的一盒火鸡翅不见了，见我不知所以的表情，她补充说“准是打扫卫生的女人给偷走了”。我说：“不可能。准是你吃过之后忘了。”她说她记得非常清楚。这点我也挺佩服她的，我冰箱里有什么，我可记不得。过一阵，又有乌干达女人丢了围巾。我还是觉得不可能，阿拉伯人看不起黑人，又怎能偷他们的东西？又过一阵，我买于巴黎还不曾穿的长裙不翼而飞时，我才相信别人所言。这些小东西倒也罢了，过不久，意大利青年贝多里屋里的一套大音响，竟“长腿”不见了。

蒙那沙是大德的邻居，非常聪明也非常勤劳的阿拉伯商人。他勤劳，也不允许自己的孩子懒散。四个与他同住的儿子，每月都要交他 1000 块钱（和咱人民币基本相当）。从 8 岁起就和他们一起生活的他二老婆姐姐的儿子阿卜德里兰，18 岁开始，也交全额的生活费。初到阿拉伯，见到那些在街上闲逛的青年，在咖啡馆里干泡的青年，骑着摩托兜一趟趟风的青年，总想和你搭话的青年，我想起小时候听过的那歌：阿里，阿里巴巴，阿里巴巴是个快乐的青年。这阿拉伯青年是挺快活的，我想。接触下来，才知他们也有自己的艰辛。有次，我租的飞亚特车出了点毛病，怕说出来大德着急，我没有声张，一路非常小心地将车开回去。到了家门口，我让大德先进去，也正好这时家里电话声大作。阿卜德里兰从一棵开着橘红色大花的树下向我走来。我正要找他，当初就是通过他，我才向那个出租公司租下这辆车的，可是那公司的电话号码，当时出门就被我随手扔了。谁想到车会坏呀？

“车坏了。”我说，“你给出租公司打个电话，让他们派人来修。”

“我把车开过去。”他说。

怕出事，我不让。他还是说开车过去。我坚持不让。

“去打电话。”我催他。

他向我摊开掌心。

“干吗呀？”

“电话费。”

“我身上没零钱。回头给你。”

他还伸着手。

“不是跟你说了吗，我没零钱。”

他还伸着手。

手机都随便送人的我，看他这么坚持向我要电话费，气坏了，摆手说：“走吧，走吧，不用你了。”

这个锱铢必较的青年，在我摔断腿后，却那么决然背起“这么重”的我，跑到街口，拦出租，上医院。那是五天后，我不小心从大德家的楼梯上滚下来。

20 岁的他，阿卜德里兰，和我成了朋友。

“不瞒你说，那天，向你要电话费的那天，”他望着窗外被阳光照得差不多呈黄色的一片绿树丛说，“我身上是一分钱都没有。”

“你靠什么交那每月的 1000 块呢？”

“我在街上帮游客租车，找旅馆，领路。我和很多清真寺都熟，游客进不去的地方，我都能带人进去。我也做点别的……”

谁在卡萨心碎

“我猜卡萨布兰卡一定有很多破碎的心，你知道我从未真正地去过那里。”这是那首沙哑深情的歌中所唱。初到卡萨，我也想，纵然这里没有那个英雄美人的故事发生，但这么浪漫的城市，一定有很多浪漫的爱情。住一段，了解它，便不这么想了。它不是假日里就能诞生爱情的罗马，不是可肆然相恋的巴黎东京或其他什么地方。当然了，如果两人同为游人，那也有可能。但即使这样的爱情，也不能在这里自由展开。在欧洲，甚至在今天的北京，相恋的年轻人随时随地拥抱接吻不足为怪。但在卡萨，不会有这样的情形。拉手走在一起的男女都基本没有。不仅如此，男人和女人走在一起的都甚少（他们去专门的地方约会）。他们是男人和男人一起，女人和女人一起。当然了，谁都能看出，这是男权社会。不管多早多晚，咖啡馆里，都有一群群中年之上的男人，三三两两打牌聊天。或独自一人，喝咖啡，看报纸看电视。摩洛哥还要开放一些，在我居住过的突尼斯，虽说咖啡馆遍布，但基本是男人咖啡馆，女客不受欢迎。哪些咖啡馆可以让女人进，门口的牌子上会说明。街上也无公共厕所，要想方便，只能进咖啡馆。对外国女人，他们会客气点，借你卫生间的钥匙。但到了小城市，嘿，那只好自己忍着了。我不知是否因为这个缘故，街上的闲散之人基本是男人，绝少女人。

有一点颇奇怪的是，在埃及、突尼斯的大城市，穿袍子、包头的女人不多，戴面纱的基本没有。但在开放的摩洛哥，却满街都是裹得严严的女子。

裹得再严，也有包不住的爱情。

在阿盟广场，娜吉娅和马里恩认识了。那时是春天，成排的棕榈树下，绕着修剪好的爬藤植物。木槿树篱上，一朵朵红花安然绽放。

“请问，诺特达姆路德教堂怎么走？”马里恩上前询问。娜吉娅指给他。结果当娜吉娅从医院看完朋友出来，在阿卜度勒谋门街口，看到马里恩还在找那所教堂。他不是故意与娜吉娅相遇。他正在问医院左边那花店里的人。可惜花店的人都不懂英

3 时光流转卡萨布兰卡

lovers on the road

3 时光流转卡萨布兰卡

lovers on the road

3 时光流转卡萨布兰卡

lovers on the road

时光流转卡萨布兰卡 3

lovers on the road

3 时光流转卡萨布兰卡
lovers on the road

4 阿联酋梦想

lovers on the road

5 布城，沿着故事的轨迹

lovers on the road

5 布城，沿着故事的轨迹

lovers on the road

5 布城，沿着故事的轨迹

lovers on the road

布城，沿着故事的轨迹 5

lovers on the road

5 布城，沿着故事的轨迹

lovers on the road

布城，沿着故事的轨迹 5

lovers on the road

5 布城，沿着故事的轨迹

lovers on the road

语，虽明白他地图上所指，但解释起来颇费劲。马里恩无奈地耸耸肩，然后，他扭头，欣喜地看到娜吉娅。

怕他再走错路，娜吉娅便把他带到那里。圣彼得教堂、圣家族教堂、百花教堂……可以说这世界上最著名的教堂马里恩都看过了。而诺特达姆路德，这个没名气的教堂，因为卡萨没什么能参观的才会让人前来的教堂，却被马里恩深深地记住了。

教堂门口有棵五层楼那么高的橡皮树。在马里恩为北非如此高大的树惊异，一下子跑进去后，才发现领路的娜吉娅没有进来。娜吉娅向他挥挥手，赶忙走开了。身在此城，当然没兴趣进来，简单的马里恩只这么想。只去教堂参观，从不礼拜的他，丝毫没有意识到娜吉娅异教徒的身份。

建于 1956 年的这教堂，倒是有些特点。800 平米的彩绘玻璃，具有浓郁的阿拉伯风情，这在天主教堂中绝对少见。

不知那天的时光流转是否出现了问题，马里恩在电子学校白绿相间的楼前徘徊时，又看到了娜吉娅。

“阿盟广场的西北边，还有一个天主教堂。”娜吉娅说。

马里恩笑了：“我现在是去找别墅艺术馆。”

艺术馆要到 11 点才开门，娜吉娅建议他先去别处转转。

“该去的我都去过了。”马里恩看着她说，“我觉得你在这里，是为了等我。”

在阿拉伯国家，对一个陌生女子这么说，绝对冒昧。但是，爱情，它根本不计较熟悉与陌生。娜吉娅的脸红了。

他请她去迦太基咖啡馆喝一杯。她拒绝了。

一天三次遇到同一个人，也别慌忙感叹于你们间必然相识的缘分。也可能，很可能，你们今生的缘分就在这三次。再多，就是滑向灾难的开始。太出格的，都有代价。

那是马里恩即将离开卡萨的前一天。假如他如期离开，回到他出生、长大的美国，他的记忆会留住或忘却娜吉娅这个美丽的异国女子。而娜吉娅，也会像自己的母亲、姐姐，像所有的阿拉伯女子一样，结婚生子，安于主妇的命运；在这蓝天这明灿阳光下，平凡着，生活着。可是，没有。在娜吉娅将再一次从他眼前消失时，他突然说："明天，我还在阿盟广场，我们相见的地方等你。"

娜吉娅用她美丽的大眼睛看着他，什么也没有说。

"如果你明天不来，我就等到后天。"

娜吉娅用她美丽的大眼睛看着他，什么也没有说。

"如果你后天不来，我就等到大后天。"

娜吉娅开口了，她说："我要是永远不去呢？"

"那我就永远等下去。"

娜吉娅什么也没有说，转身走了。她去人民中央银行门前的喷泉旁坐了又坐。这对自己到底意味着什么？不管意味着什么，她的命运该是和母亲，和姐姐的命运相同。或许，在她们沉默的生活中，也藏着美好的往事？在他们年轻的岁月中，也曾经历过这般美丽而无结局，抑或从来就没有开始的美好的爱？

她自然没去阿盟广场，却在心里数着这是马里恩相约的第几天。她没把那美国青年的话当真，或许他只是感激她的领路，或许他和自己一样为他们一天三次的相遇惊疑，心意一时翻涌而终于流于语言吧，娜吉娅在心里想。风般而逝的语言，没当真，但，做做梦总可以的，梦想一段只有美好开始的爱恋。她又来到阿盟广场。就是在这里，那个青年用那么好听的声音问她诺特达姆路德教堂在哪里；也是这个美好的声音，突然意想不到地对她说“我觉得你在这里，是为了等我”，那轻柔却磁性的声音突然让她的心狂跳起来。在 20 岁的那个春天，她的爱情和这异国青年一起来到她面前。“我要是永远不去呢？”“那我就永远等下去。”她在心里回想着这些话，忧伤的眼睛却不无惊异地看到了马里恩，他正坐在破损的长椅上。她的眼泪一下子涌了出来。那是个阴郁的下午，没有刺目的阳光。这是他相约的第 15 天，她心里清楚。没有拥抱，亲吻。他们就那么深情地彼此看了一会儿。

“还以为美国男人都是花花公子，没想到也有傻小子。”

他用温柔的眼光锁住她：“傻小子爱你。”

马里恩原本没打算久居卡萨，他手里的钱很快花光了。娜吉娅拿给他。娜吉娅也没有钱，她是从姐姐林玛手里拿的。钱拿给马里恩后，娜吉娅如实和姐姐讲了，除了没说那青年是美国人。

在一整天没找到马里恩，在林玛开始怀疑他是骗子之后，娜吉娅也开始心生疑惑，有些后悔自己的轻率。她们错了，马里恩是去找工作了。他在一家车行当了校验工。他办公的地方，是在一栋五层建筑的平台上。望着北非的朗朗晴天，灿烂阳光下的耀眼洁白屋舍，他总想：自己怎么就留在了这里？他原准备带娜吉娅回美国。他通过朋友可以找到大使馆的熟人，将娜吉娅办出去不很困难，但娜吉娅觉得自己会受不了美国的生活。她有个女伴，千辛万苦嫁到美国去了，却因忍受不了那里的生活方式自杀了。

“美国有什么不好？”马里恩说，“至少它是开放的，包容外来的。你从我们的教堂就能看出来。做礼拜时，你都可以参观，不像你们的清真寺，根本容不得外人。不说外人，就是你们自己的女人都进不去。”

“我们女子有自己的地方。”

“这和你们宗教的自卑有关。”

“你再说，我可不听了。”娜吉娅道，“反正，我不想跑到那么远的地方自杀。要死还不如死在这里。”每当这么说时，马里恩便慌忙用手捂住她的嘴。

他们能一起去的地方很少，只好待在马里恩租来的小房子里。他腼腆，深情，一点不像她想象中的西方青年。

在屋里实在呆得晕头了，他们去了新第巴德公园。从那里可以看到爱恩第阿博海滩，那是当地为数不多能看到相恋男女的地方，但像他们这样的一对还是颇引人目光。激荡的大西洋上，有驶往远方的大客轮。

“你不想家吗？”娜吉娅问。

“想。”他说，“但我更无法忍受没有你的生活。”

九月底的一个午后，马里恩工作的平台上，来了个彪壮的阿拉伯青年。在确认他的身份后，立刻对他拳打脚踢起来。他正准备还手时，突听那人说“我是娜吉娅的大哥穆罕默德。你如果不立刻离开她，我便让你死无全尸。”

为心爱的女人受些皮肉之苦，马里恩能忍受。他万万想不到的是，穆罕默德也对娜吉娅动手了。第二天，看到鼻青脸肿的心上人时，他的心碎了。也到此时，他才真正体会到一个阿拉伯女子与外族男子相恋的勇气和艰险。

“早知会有这么一天。”娜吉娅说，“但和你如此相恋一场，我也不枉此生。”

“我研究过了，一个外国男人，可以娶你们国家的女孩，只要他改信伊斯兰教。”

娜吉娅摇头：“不是每个家庭都一样。”

马里恩没有娜吉娅悲观，他说动她一起去巴黎生活。为了稳住穆罕默德，他们相约一个月内不见面。

在悄悄为出走做准备的日子里，娜吉娅表面上平静如水。她只把心事透露给姐姐林玛，林玛很支持她。在静谧的初秋午后，在那个有着阿拉伯兼土耳其风格的花园里，她们以为家人都出去了。谁也没想到她们的小弟玩累了正睡在花丛中，悄悄话被醒来的他听到了。他告诉了穆罕默德。

“那时，在我的世界里，穆罕默德是我最景仰的人。我渴望自己能做些惊天动地的事，好让他不再把我当孩子。”阿卜德里兰对我说，“可是，我扮演的，却是可耻的告密者角色。”

穆罕默德决定以长兄的身份处死娜吉娅。他象征性地告诉寡母时，母亲说什么也不同意。“她又不是通奸，她只是和一个美国青年正常恋爱。"母亲说。穆罕默德却坚持娜吉娅玷污了家族清白。受不了母亲的唠叨，他改变了在自家花园里刺死娜吉娅的计划。他先把娜吉娅囚禁起来。有母亲和姐姐相助，娜吉娅憧憬着来日的幸福，安静地待在自己的房间里。林玛建议妹妹先去自己家躲几天。娜吉娅拒绝了，她不愿打扰姐姐安宁幸福的生活。

"情况有变，我们不再由卡萨机场离境。明早 6 点，我在新第巴德公园门口等你。不见不散。"娜吉娅写给马里恩的短信，由她信任的阿卜德里兰送出。

同样被监视的阿卜德里兰，一出门就被穆罕默德截获。穆罕默德问他干什么去，如果对方是敌人，他会宁死不屈的，但对方是他最崇敬的大哥。而且，他同样不知，大哥独自一人的阵营和家里三个女人对立得那么死。8 岁的阿卜德里兰如实相告。

"我搞不清自己的角色了。或者根本上，我他妈就是智商有问题。"12 年后旧事重提，阿卜德里兰仍按捺不住对自己的气愤，更有哀伤。他长长卷曲的睫毛被泪水沾湿了。

完成了送信的任务，他觉得自己英雄一般。将信送出后，他得知，在大西洋林荫路上，新第巴德公园门口，训练有素的司机将预先跳下，而载着娜吉娅的车将无情地驶向坡下的马里恩。

"那我也去，我将和司机搏斗，不让他伤害娜吉娅。"阿卜德里兰叫起来。

"那司机将是化妆后的我。"穆罕默德说。

阿卜德里兰不再吭声。虽崇拜大哥，但他的世界观还是男孩子的，不是男人的，阿拉伯男人的。想到这即将上演的血腥里倒下死去的是自己的姐姐，阿卜德里兰惊慌得哭起来。他又是孱弱的，像做错事后不敢直面的孩子。他没勇气告诉娜吉娅，他告诉了大姐林玛。不光彩的角色使他昏惑了，他言语错乱："大哥知道了，你让二姐快逃，快逃。别去新第巴德公园！别去！"

这天早上，一直等在家门外的穆罕默德，如期等到了蒙面纱出来的娜吉娅。车子如期在大西洋林荫路上新第巴德公园门口，向马里恩撞去。16 岁就开始背着家人搞恐怖活动的穆罕默德果真训练有素，他安全地跳出车，冷眼旁观载着"罪恶妹妹"的车向那"美国佬"飞去。

后座上的女人腾空而起，飞撞到挡风玻璃上。而等在那里的美国小子，一下子被撞昏过去，再没有醒来。"让你们死在一起，就算对得起你们了。"穆罕默德上前说。这时候，他才发现，掉了面纱的女人，血泊中的女人，不是他妹妹娜吉娅，而是他姐姐林玛。

他一时有些傻了。

"计划又被穆罕默德发现了。我先去通知马里恩，一小时后，你在卡萨港等他。"出门前林玛对妹妹说。心思简单的林玛，只知道成全妹妹的林玛，怎么会想到根本没有容她通知马里恩的时间。她一出门，就是在赴死的路上。

"大姐知道那是必死之路，也会欣然而往的。能为娜吉娅做的，她都会去做。"阿卜德里兰扭头看着蓝天说，"只是，她不知道，她自己都有身孕了。"

"别再伤害娜吉娅。"林玛临死前就说了这么一句。

没在卡萨港等到马里恩的娜吉娅赶到这里。望着亲爱的姐姐，心爱的男人，娜吉娅昏厥过去。清醒过来后，她投入了波涛汹涌的大西洋。她恳求与马里恩葬在一起的要求没有得到应允。马里恩父母前来，把儿子的尸骨领回美国。

两天之内，两个女儿都没有了。母亲崩溃了，从那时起一直生活在精神病院。穆罕默德去了西班牙，走前发誓一辈子与美国人不共戴天。8 岁的阿卜德里兰，被姨母照顾到 18 岁，之后开始挣钱谋生。

“娜吉娅长到今天，也是你这么大。”阿卜德里兰飞快地看了我一眼说，“也许，她 20 岁的一生，是为马里恩而存在的。而那时的马里恩 22 岁，还不解人世的纷杂。他更不知道，他那轻率之举结束了一个阿拉伯女子，不，是三个阿拉伯女子的一生。可是，谁又能怪他呢？哪一个爱情又不是轻率的呢？”

12 年过去了，阿卜德里兰已经是青年了。给我讲完故事的他，此时默默地喝着薄荷茶，我们在新麦地那街口的咖啡馆。在有着廊柱的前厅，从棚顶吊下的镂空铁艺灯，在日光里安静着。咖啡馆对面，药店的白墙上，绘着摩洛哥新国王的画像。39 岁的他微微笑着，坐在沙发上。白墙绿瓦的新麦地那，在蓝天下一片清明。左边，隔条马路，皇宫的白墙下，种着整齐的街树。守卫森严的皇宫里，是不是只有安全却乏味的爱情呢？

“故事发生在今天就好了。”我叹口气说，“穆罕默德会原谅娜吉娅的。”

“原谅？他会直接用炸弹的，他们真的会死无全尸。”阿卜德里兰说。他瞄了眼邻座手上的报纸：马德里火车站的爆炸案共导致 191 人死亡，是西班牙现代史上最严重的恐怖事件……

“这事件也完全改变了我。”他叹口气说，“否则，我可能会和穆罕默德一样。现在，我死也不会那样，虽然这苟且的生活同样令我窒息。”

“你有女朋友吗？”我谨慎地问。

“我小心着，不让爱情发生。”这阿拉伯青年看了看我说，“尤其是对异国女子。”

4

lovers on the road

就像一个姑娘，一直有水晶鞋的梦，却嫁给一个穷汉。哈利姆最后娶了侯赛妮这平凡的女子。

阿联酋梦想

皇宫酒店侍者的眺望

在“中东明珠”迪拜，太多人的梦想和财富有关，这些财富梦想又大多和石油、转口贸易、地产有关。哈利姆不同。他的梦想是做个模特，在T台上展示他傲人的身材，俊朗的外表。

他哥哥去超市做收银员时，他有机会去车行做小工。阿拉伯家庭鼓励孩子自食其力，有工作，哪怕不让人满意，都让孩子去做（起点并不代表未来）。哈利姆拒绝了，闲在家里。好在妈妈特别疼爱他。

哥哥结婚时，哈利姆还闲着。哥哥有小孩时，他仍旧闲着。好在他也不花什么钱，至多在咖啡馆里喝一杯。

他的爱情，也似乎一直和梦想有关。他不喜欢嫂子那样平凡朴实的人。和一般阿拉伯男人把女人锁在家里不同，他想娶个和他一起做梦的人。人家给他介绍过几个，他都因她们沾染太多世俗的气息拒绝了。在公共汽车上，他曾看上过一个女孩。她娇媚的面容，立刻点亮了他心中的火焰。她身边的座位是空的，但他不能坐过去。迪拜的公共汽车，男女是不能坐一起的；前排是女人的专座，他不能过去。

他有个好友在阿布扎比 F1 摩托艇队，虽不像卡兹那么赫赫有名，但也小有名气。这个玩水上 F1 的，也喜欢 F1，他拉哈利姆一起去看 2009 年 2 月的 Yas Marina 赛道。“这个新赛道，让人联想到银石。”他说。1950 年，第一届 F1 锦标赛在英国曾经的二战飞机场举行。这是 F1 有史以来的首场昼夜赛，比赛白天开战，夜晚结束。“这个 Yas Marina 是迄今为止最完美的 F1 赛道。用了十多亿美元。”虽然他说的话，后来哈利姆在媒体上见过。但他总是第一个知道，传给大家。

这个好友的一个朋友，来自英国，请他们去帆船酒店喝下午茶。在 27 层的 skyview bar，他想有钱真好。看到那配奶油的黑莓，他又想起公共汽车上那女子幽媚的眼睛。在帆船酒店的这个最高层，他更多地眺望自己的未来。那之后不久，皇宫酒店招人时，他入选了。这个比帆船酒店更牛的酒店，是世界唯一的八星级酒店，堪称豪华至极。虽然酒店的内部面积达 24 万多平方米，厨房和餐具室就有 128 个，但客房只有不到 400 间。咖啡是用银器盛放的，餐巾是亚麻布的，碟子上撒着玫瑰花瓣；方糖是水晶样的，松软的面包是阿拉伯人喜欢的新月形。女士，还被献上玫瑰花。酒店的走廊有 1 公里，客人用餐后有时会迷失。在把一位小姐送到房间后，他设想那是某富翁的女儿，看上他了。有时工作结束了，他的梦却还做着。在黄金市场的一家首饰店里，一个蒙面女子的目光一直追随他。他想象那是某财阀的遗孀，一见钟情于他。他的想象走得太远。那是他从前的邻居，在确认眼前的人是不是他。

他现在有点钱了。他去 Emirates mall。在 Dubai mall 建成之前，那是中东地区最大的购物中心。在那儿的室内滑雪场，他认识了侯赛妮。她没有动人的容貌，在一家小小诊所做临时看护。但她开朗，热情，让他欢心。

哈利姆和约瑟夫熟悉起来，是因为这个富翁不小心，把龙虾汤弄翻了。哈利姆眼疾手快，用自己的右手接住了盛汤的碗。这道汤温度合适，也没有把哈利姆怎么样，但约瑟夫一直感激非常。第二天，哈利姆在泳池边看到约瑟夫时，他在专人为他打起的伞下坐着，有服务生正为他擦太阳镜。他邀请哈利姆和他一起游泳，哈利姆说不行，他还是工作时间。约瑟夫遂请他下班后去他的房间喝一杯，那是 13000 美元一晚的房间。哈利姆也受邀去 SBY 岛，那地方在阿布扎比西部，曾是阿联酋前总统 Sheikh Zayed Bin 的私人岛屿，对外开放还没有多久。

他也去约瑟夫的游艇上玩。从游艇上眺望的大海，让他忆起帆船酒店顶层的海景，也让他想起那个玩水上 F1 的好友。“财富与成绩挂钩”那是 F1 摩托艇界的名言。“阿布扎比队烧钱的速度没人能比。他们有雄厚的资金购买最新赛艇，聘请一流教练。”现在在阿联酋，也许在世界各地都一样：财大气粗。像约瑟夫一样。

海上开阔，也寂寞。哈利姆帅气，机灵，讲话总是逗人开心，约瑟夫有意让他去他身边工作。也没有什么具体事情，类似欧洲旧小说中的伴游。哈利姆拒绝了，他想要自己的生活，不依附别人，欢畅的，自由的。

侯赛妮给哈利姆打过几次电话，他也去她工作的地方看过。

他们没有钱去帆船酒店吃下午茶，或是去 Al Qasr。他们只去哈利迪亚公园、阿勒·纳哈扬公园。但他喜欢她。他给她讲皇宫酒店，讲去那里的尊贵客人。“有什么啊？”她总是说。“有什么？不入住，不就餐，那里你都进不去。”侯赛妮还真进去了，不入住，不就餐。她让朋友直接将车往里开，朋友不敢，朋友也知道那个规定。“没事，你直接往里进。”门卫那天还真没有拦他们。冲侯赛妮这劲，哈利姆更喜欢她了。

就像一个姑娘，一直有水晶鞋的梦，却嫁给一个穷汉。哈利姆最后娶了侯赛妮这平凡的女子。

对于迪拜危机引发全球金融市场震荡，我问会不会影响他的生活。他说：“也许来这里的客人会少，但没准那个能发现我能上 T 台的终于来了。也许我会被辞退，但真正属于我的生活可能正徐徐展开。我才 24，还有机会。而我相信，迪拜也能度过危机。珍珠工业衰退后我们发现了石油，石油还没开采完，旅行业又发展起来，我相信还有新的机遇，因为这里是真主赐予的福地。其实，再困难，能赶上我们祖先吗？我们贝都因人当时逐水草而居，从一处艰辛地迁徙到另一处……”

一个律师的中产阶级生活

塞米违背母亲意愿的地方太多了。母亲希望他成为一名医生，结果，他做了律师；母亲让他娶阿拉伯姑娘，但他娶了西方女人；母亲希望他有儿子，如果现在这个妻子不行（她的身体不允许再生），再娶一房（男人可以娶四房）试试，可塞米明确告诉母亲，这辈子，他就一个妻子。这些违拗，却并不妨碍塞米是母亲最疼爱、最引以自傲的儿子，因为孩子里，数他最有出息。

塞米从小学业优异，但律师并不是塞米的梦想。他曾想当球星。很长一段时间，他的壮怀激情，都是和足球连在一起的。伊莎贝拉也是点燃他激情的人，来自加拿大的她和塞米是大学同校。毕业时，因为爱情，她跟他去了迪拜这个人口四分之三都是外国人的地方。阿拉伯世界，男人的理发馆和女人的不在一起，但塞米理发时带她过去。在都是男人的理发馆里，她安静地读报纸。卡力德从屋外走过。“卡力德。”理发馆的老板喊。卡力德 62 了，耳有些背，他没有听到，兀自还往前走。“卡力德。”店里的伙计站到门口，去喊。卡力德还是没有听到。伊莎贝拉跑到门口，“卡力德。”她喊。卡力德回过头来。见这陌生的女子喊他，卡力德有些犹疑。大家都笑了。塞米永远记得那个时刻，黄昏的光照在小广场东边就要没人的路上，清真寺里正传来穆安津召唤大家祈祷的声音。

塞米认识伊莎贝拉也是差不多这样的时刻。那天，听到穆安津召唤，塞米立刻下车跪地祈祷，他挡住了路。他后面的异教徒伊莎贝拉，将车停下，安静地等他。那是 2 月。2 月的迪拜，虽然白天的气温可达二三十摄氏度，但阿拉伯人怕冷，一场雨后，马上有人穿羽绒服。当然也有穿一件外套的，有穿短袖的。各异如这个城市。

伊莎贝拉喜欢他的虔诚，虽然如今，他天不亮就起来祈祷会影响到她。她尊重他们的信仰，虽然她质问时会常常忘记那是他们的信仰。“如果两个女人是朋友，她们都蒙面，上街，怎么认出对方啊？我不明白，为什么她们那么仔细地化妆，然后却用面纱遮住？我不明白，为什么她们戴那么多金饰，却用长长的黑袍子把一切遮上？我不明白，为什么婚前她们有那么好的身材，婚后，尤其是产后，却听之任之变得那么胖？两只手都是平等的，为什么左手低贱右手高贵？用手抓饭，真是不卫生啊。”她热烈地表达自己的喜恶，“阿联酋有了第一批女司机，真好，虽然只有七个，但毕竟是进步。”“我们企业界，也开始有不少女人了。”

最不爱听这些话的，自然是塞米的妈妈。她对伊莎贝拉的作为，尤其是带孩子的方式，颇有异议。伊莎贝拉不像有些阿拉伯女人，婚后放弃了工作，更不像大多数阿拉伯女人，干脆就没有工作过。休完产假不久，伊莎贝拉重返岗位。西方大多数女人不会因孩子放弃自己的生活，伊莎贝拉喂完孩子，把孩子放在育婴室，在客厅休闲自己的班后时光。塞米的母亲对这点很看不惯。伊莎贝拉也有自己的观点：“孩子一动，我这里就知道啊。”做通讯的她，在育婴室里装了摄像头。孩子不舒服了，她才跑上二层。有时伊莎贝拉沉浸于电视里，忘了看监视器，塞米的妈妈就很不高兴。伊莎贝拉又在孩子旁边装了扩音器，孩子一哭，整个别墅立刻轰然。

当然，这些都是小摩擦，他们的家庭总体是和美的。除了住的这间别墅，他们在尊雅自由区还有间公寓，二室一厅，租金每年 8.5 万迪拉姆。

周末时，他们常去棕榈岛，或去外面吃饭。号称“中东香港”的迪拜，能吃到世界各地的美食。塞米喜欢去 Royal Mirage 酒店的 Sheesha Courtyard 庭院。坐阿拉伯地毯上，靠着松软的靠垫，来一壶阿拉伯水烟。伊莎贝拉喝土耳其咖啡，也偶尔抽一口塞米的水烟。“为什么阿拉伯男人那么喜欢喝咖啡啊？”伊莎贝拉问，没等塞米回答，她兀自说，“也是，酒不让喝，不喝咖啡喝什么？”伊莎贝拉喜欢的 The Terrace 酒吧，塞米也陪她去。那是迪拜最时尚的水滨休闲吧。法国牡蛎、鱼子酱，还有伊莎贝拉喜欢的香槟。塞米是虔诚的穆斯林，不碰酒；他爱妻子，从不干涉她。音乐舒缓地奏着，浓情蜜意缓缓地在两人间传递。现在有孩子，他们不做水上运动了，却依旧去享受沙滩，阳光。塞米最喜欢的赛骆驼比赛，伊莎贝拉也陪他去。

伊莎贝拉不像阿拉伯女人那么喜爱金饰，她却好旅行。年假时他们总是出国。他们也颇自立，不到两岁的孩子随身带着。

年轻时的塞米还相当英俊。现在，像大多数阿拉伯男人一样，他过早地有些谢顶。这倒也并不妨碍什么，阿联酋的男人，身着白色长袍，黑色的圆形压饰压着白色头巾。只是，他不把现在的照片给人看了。

5

lovers on the road

诞生在水手、流浪者、舞女之中的探戈，第一个动作，就是女人伸出试探的手。那试探，那暧昧，那激情。

布城，沿着故事的轨迹

来自世界各地的怀念

我想很多人和我一样，是因为安德鲁·劳伊德·韦伯的《阿根廷别为我哭泣》，才知道贝隆夫人的。当时，我以为是民族自尊心，使得阿根廷民众强烈反对麦当娜出演女主角。到了这里才知道错了，是他们对贝隆夫人无上的爱戴。

到了布城，马上去找贝隆夫人的墓地。费了不少劲。

在内罗毕，以为一说《走出非洲》，谁都会告诉你。结果，人家叫"凯伦·布里克森博物馆"。

在布城，以为一说贝隆夫人谁都知道呢。结果呢，在他们眼里，她叫"艾娃"。

Recoleta 公墓，57 号。每天都有吊唁的人。他们把鲜花和凝望，把感慨和崇敬，献给这个不同寻常的女人。

和周围精雕细刻的墓地相比，和她自己曲折丰富的一生相比，这里太简单了（只有一门面，一墓碑，一雕像，都是黑色大理石的）。也许，多彩终要归于单一，激昂总要复回平淡。但是，终点不是只有遗忘。半个世纪过去了，怀念她的人，还从世界各地来。

她本名叫埃维塔，出身卑微，少女时期充满动荡。

她有些像阿斯帕希娅，那是古希腊光芒四射的人物伯里克利的情人。阿斯帕西娅当过伴女，也就是高级妓女。她的美貌、学识、机巧，让她把伴女的身份，变成了古希腊灵魂人物的爱人。

埃维塔是穷裁缝的私生女，15 岁开始，为前途，和男人纠缠。命运让她最终和贝隆相遇。这里也有男人的弱点，不管一个女子的过去多么堕落，他们都可以接受（虽然他们身处的阶层难以接纳）。也许，他们自己曾经过的，也是这样的生活；也许，这正是他们之所以成为伟人之处，不计较过去的事情，宽怀。

而这些出身贫困的美貌女子，也必须经由一个个男人之手，才能最后走到她们想达到的地方（常常是一个国家的权力顶峰）。

这也是实力的较量。那时候，贝隆意识到她是他政治上不可或缺的部分，才决定娶她。而这一刻，她等得很久了。她有心计，最开始她就决心和他生活在一起，并成为他妻子。这并列的两句，不是废话。和他生活在一起，成为他妻子，有时不是同一件事。她贫穷的裁缝母亲，为一个男人生了五个孩子（包括她），可是，没能从那个农场主那里得到任何身份。他去世时，她母亲带着他们去吊唁，结果被轰出来。

女人要凭美貌取胜（当然也要有智慧），所以，她不能太老。而那些男人，既然在政治上有所成就，那注定不会太年轻。那一年，她 25 岁时，贝隆 49。

历史有意思的一点是，这些不受人尊重的女人，却能嫁给意识形态的最上层。当然了，男人们都是顶着压力的。我想阿根廷的权贵反对她的声音，是和多年后阿根廷公众反对麦当娜出演贝隆夫人一角的声音一样激烈的。理由是同一个：她是堕落的女人。

也许他看中的，不是她的生活方式，而是态度。态度和方式，很多时候不是一件事。

而埃维塔之所以与她们不同，因为她选择了靠近下层。她利用自己的影响，为阿根廷的医疗、劳工等方面做出过卓越贡献。她被普通百姓视为救星。

听埃维塔老婆婆讲贝隆夫人

从贝隆夫人墓地回去，我到旅店附近的一家餐馆吃饭。得知我刚从贝隆夫人的墓地回来，店主的老妈妈，拉着我的手，给我讲艾娃。“那时我还住在贫民区，经常吃不饱饭。更要命的是，对前途无望。那时我 15 岁了，和艾娃准备许身于探戈歌手马加尔迪是同一年纪。”那是个秋天的下午，艾娃到她身居的贫民区来了。在那条破旧的小巷，艾娃，这个阿根廷人心目中的偶像，握住了她的手。她身上那种永不言败的坚毅就这样传递给她。她后来到艾娃建立的医院里去当了护士，婚后和学厨师的丈夫开了这家餐馆。“后来，我也遇到过很多挫折，每次，我都会想起艾娃。想到她时，我就会充满力量。”得知艾娃得癌症后，成千上万的女孩子取名为埃维塔。那时开始，她也把自己的名字改为埃维塔。艾娃出殡那天，70 万人相送，16 人被浩荡的吊唁队伍挤死。她和很多人一样，哭得昏死过去……

我的眼泪，开始默默流下来。这个说出“阿根廷别为我哭泣”的女人，却赚了人民那么多眼泪。而这个女人，她只有生病时候才会哭。

她燃烧得太猛太烈，因而只能过早熄灭。她去世时 33 岁，和那个精力过人的亚力山大同一年纪。

回酒店，我从网上下载了《阿根廷别为我哭泣》，我听出了些许泰坦尼克的味道。很多东西，都有相似的地方吧。眼泪又滚涌而出。贝隆入狱期间，她以贝隆的名义参加竞选，呼吁人民让他复出。我想起贝隆出狱时，面对着迎接他的人，他先说谢谢埃维塔，然后说谢谢人民。

凌晨 5 点，开始有地铁了。短暂的轰隆声震荡而过，新的阳光，将照着布城崭新的一天。心存希望，永不言败，那是艾娃给阿根廷人民的信心和温暖。

激情探戈

博卡区（La Boca），是球星马拉多纳的诞生地，博卡青年队至今让很多人神往。

博卡区也有太多吸引人的地方。Caminito 街的每栋楼，都有漂亮、迷人的色彩，仿佛童话世界一样。小巷里有小摊位，摆着艺术家的作品。

这废弃海湾边的城市边缘区，从 19 世纪起便是外来移民的天地。穷困和寂寥，也使它一度成为布城的红灯区。二战后还改建成大型仓库，因为海湾太小，没有太大发展，仓库拆掉，还原成原来样子。还是贫困的水手和下层劳工所住，都是极简陋的铁皮房。后来，有人把铁皮房子刷上颜色，这样可防巨大海风引起的腐蚀。于是，色彩就开始涂抹在这里一栋栋的房子上。20 世纪 80 年代，一些穷困的艺术家来到这里，在房子上玩起了更大胆的色彩。这些原来贫旧的房子开始上明信片，吸引人们的目光。进入 90 年代，这里地价飙升，而且，不是你有钱就可以落户这里，前提是，你必须是艺术家。

这里不时传来悠扬的探戈舞曲，有人双双起舞。

这里是探戈的诞生地，Caminito 街名也是一探戈舞步的名字。

19 世纪中叶，Caminito 街的住户都是外乡人。来自非洲的黑人，加勒比的穆拉托人，潘帕斯草原的高乔人，来自热那亚的意大利人。穷困的生活使人绝然无望，于是很多人在夜晚寻求温暖和寄托。诞生在水手、流浪者、舞女之中的探戈，第一个动作，就是女人伸出的试探的手。那试探，那暧昧，那激情。它诞生在这样地方，你就不难理解为何能在街上随时起舞。

探戈热情，明快，优美。那音乐的强节奏，舞蹈的表现力，展示了南美人激情奔放的个性。那属于黄昏的忧郁，夜晚的挑逗，那属于男女间的诡秘激情，那属于命运不可捉摸的高深，探戈舞的独特内涵，在男女两人交臂而舞，倾情如醉中也感动了路过的人。忘记忧伤，让我们跳舞吧。

沿着“春光乍泄”的路

《春光乍泄》是王家卫的名片。很多中国人来布城，也是为寻访这个梦。你可以设想你住的小酒店，就是影片开始处两个男人缠绵的地方；出去，走到 9 月 7 日大街，你就看到了那在影片中不断出现的宽广大街。它被称为世界上最宽的马路，130 米宽，16 车道。除非你有博尔特的速度，否则，你不能一次性过完这条马路。影片据说有一个镜头被剪掉了，就是关淑怡如何过这条马路。不远处共和广场上的方尖塔形纪念碑，这个为纪念布宜诺斯艾利斯市建城 400 周年而建的地标性建筑，也经常出现在影片里。

和欧洲一样，布城有很多广场、街心公园、雕塑。号称“南美百老汇”的佛罗里达大街集中了世界各大名牌，酒店、戏院林立。周末，或节日，在各大公园和广场还有很多有趣的集市，德罗·特而莫集市堪称最好。

号称不夜城的布城，夜生活丰富。也因为异乡的寂寞吧，夜晚的流连，回转，让《春光乍泄》，有不少的夜景镜头。你不妨去找找 Bar Sur，影片中梁朝伟兜转流连的酒吧。这个酒吧客人不多，只有 12 张小圆桌。

探戈舞的表演者，在小圆桌间穿梭起舞。“舞技高超，不会用高跟鞋踢到你的酒杯”，这是《孤独行星》对这酒吧的推荐。它的推荐词还有：亲密的探戈秀；朦胧的气氛。

探戈是以乐以歌相配的，很特别的一点是歌咏者都是男人。Bar Sur 的这些人，非年轻帅哥，而是带着时光印记的老者。除了《春光乍泄》，这酒吧还是另一部电影的外景，但酒吧不张扬这些。那些过去的故事，几个白天或黑夜，动人的伤感的，却是静悄悄，正像它体贴地把温暖给今晚的客人。是的，温暖。这里的歌者乐者，不会像通常那样转场。他们在这个夜晚，专属你，直到午夜时分。

梁朝伟和张国荣曾那么想一起同去的瀑布，后来梁独自前去，面对它静静流泪。这瀑布，是伊瓜苏瀑布。它位于阿根廷和巴西的交界，是世界上最宽的瀑布，由 270 多股急流和泻瀑组成。巴拉那河，南美的第二大河，奔腾在壮阔神秘的南美之南。它左岸的支流伊瓜苏河，犹如 700 公里长的银色巨龙，奔流在巴拉那熔岩高原上。当它流至距河口 23 公里处，突然从高原之缘，跌入下面峡谷。那么宽的河，四公里宽的河，猛然跌入深深峡谷，真是“大海泻入深渊”。十一月，南美的雨季，正是看瀑布的好时候。流瀑轰鸣，水花飞溅，腾起的水雾，升腾在空中，有 150 米之高。它恢弘、激昂，哪怕是生活中最木然最无动于衷的人，都会为之震撼。466 年前，当西班牙探险家巴卡首次发现它时，不知心中会有怎样的震颤？

梁朝伟和张国荣曾一起开车去寻找这个瀑布。他们迷路了，走到了潘帕斯草原。

潘帕斯草原位于南美南部，面积约 76 万平方公里。“潘帕斯”源于印第安丘克亚语，意为“没有树木的大草原”。“这是南美洲比较独特的一种植被类型。就地带性和气候条件而论，本区适宜树木生长，实际上除沿河两岸有‘走廊式’林木外，基本为无林草原，一般称潘帕斯群落。”

潘帕斯主要位于阿根廷，还有部分位于乌拉圭境内，现大部分已开垦成农田和牧场。

在前面提到的博卡区，也有梁朝伟张国荣两人的身影。拥抱在厨房，跳悱恻的探戈。

结局却总是相同：一方失踪，无从寻找。剩下的，也会有新的相遇。起承转合处的新爱，却只是一段转接，不能担负。于是再舍弃，一个人上路……

布宜诺斯艾利斯，荒芜的花园

这是我在布宜诺斯艾利斯时听一个男人讲的故事。他是个沉默得接近僵硬的男人，从来没有人知道他的事情。但这个晚上，他给我讲了藏在他心里的痛……

如果不是今天网坏了，我不会迈出房门。如果不是提了70桶水，我不会知道自己的花园有多大。如果不是今天的劳动，我不会祝福离开的她。

黄昏时，网断了。重启；关闭、打开路由器；重新检查一遍各个插销，都没有用。

我突然想给花园的花浇浇水。昨天傍晚，我从外面回来，突然瞧了眼每天在我眼前，我却看不到的花园。我心一惊：都这样了？也有零星的花开，可是，在左邻右舍浓郁高树繁茂鲜花的映衬下，它那么萎靡、荒凉。当然，收获总在耕耘后，人家的花园，那园丁多勤劳。可是，你们中国那句“墙里开花墙外香”真有道理，我不劳作，却能饱览左右两边邻居家的鲜花。

有天我在一楼的客厅突然看到左边的花园，那一墙的凌霄，红花开得骄傲又迷人。一瞬间，我以为是贝拉回来了。不是，那是沃特尔家的。那凌霄太繁盛了，越过墙头，开到了我这边。也是满满一墙，和开在我家没什么分别。我透过厨房的第二扇窗，也会看到尼卡奥家的三角梅，美得都有些像假花了。要是把厨房的后门打开，更会看到盛艳的一墙。贝拉在时，她会每天打开那扇门。她说那里看到的风景，是花园最好的。很多时候，她边坐在廊下看书，边等烤箱里的美味。

当初买这房子时，贝拉多么欢喜。她做梦都想有一个带花园的房子，花园的布局是她自己设计的。哈卡兰达，春天时开满紫色的花朵；波赛树的树冠像阳伞一样，盛夏时，我们常在树下乘凉，它灿若丹霞的红花，恰似她脸上的红霞。每种花，都是贝拉亲自挑选来的。当然，我乐呵呵地陪在她身边。有几次，一回家，她衣服都不换，立马奔花园。要知道，她十分注意着装，像孔雀那样。虽然我不懂花，不认识什么花，但每年九月，我都会陪她去艾斯克瓦尔参加全国的花市节。

我舍不得她那么辛苦，请了园丁阿圭罗。阿圭罗人非常好，困扰的一点是他必须住我家。家在南方埃腊斯的阿圭罗在布城打工，公司新近倒闭了，他一时找不到新去处，正准备回埃腊斯。住我家，会影响我们新婚生活；让他在外面租房子吧，布城的房租也不便宜，他一个月才挣多少比索呀。他原来打工时公司负责他住处。贝拉比我聪明多了，她很快解决了问题。阿圭罗在我家干活，却住在我邻居家。你听过这样的事吗？稍后我才知道，阿圭罗也给隔壁跑跑腿。卡洛斯现在的房子，是租给三个年轻画家。

阿圭罗慢慢把卡洛斯家原来的园丁顶替了。他收益比从前多了，整天乐呵呵的。整整半年，他都没有回南方。

他回家休假时，我和贝拉一起给花园新买的樱桃树浇水。天呀，你知道吗？我们头三桶浇下去的，竟然是热水！讲给我妈妈听时，她说："你们也不把手放进去试试？"谁能想到？平时水龙头一开，凉点，热点，手都能接受，除非太热你才调。樱桃树也接受了，但它没扛住，死了。"我可干不出这样的事。"我妈妈说。是啊，她在自家的小院种菜的岁月，水龙头里哪有热水呀？时代的前进，总是并带着它的困扰。

也许樱桃树的死，是不好的预兆。没多久，贝拉离家出走了。

我被这事打懵了，整整一个月陷于恍惚。我没想过一棵树会长久茂盛，我没想过一朵花能永开不败，但是，我以为贝拉会一直在我身边。我一唤她，她就会放下手中忙活的事过来。我想吃什么美味，她就会给我做。其实，今天我明白了，是我太陷于网络，竟然忽略了自己心思的改变。从前，她总会把一杯咖啡，一杯马黛茶或一块甜点送到二楼书房。可是，有天我竟然说：“你动不动就往书房送东西，不就是监视我吗？”她听了，什么也没说。她不说，她更不会争吵，但她会默默离开。

那天门铃响了半天我才发觉，开始我以为是电脑里传出的声音呢。我意识到是现实中时，心开始狂跳，我以为贝拉回来了。我冲下楼去，是个陌生人。

“我是沃特尔家的园丁。”他讷讷地说，“我剪断的树枝落在你家了，我来打扫一下。”

我由想象的狂喜跌入谷底，我突然觉得贝拉再不会回来了，我喊：“滚，永远也别再敲我的门。”

我把时间更多地放在网络之中。下了班，草草吃过饭，我就上网。直到眼前发黑才爬上床，或直接睡在靠背椅上。

春天的时候，爸爸和妈妈来过一次。妈妈给我做了丰盛的晚餐，有我最喜欢的烤茄子。我快速吃完，用餐巾抹了抹嘴说：“你们慢吃，我上楼了。”妈妈叫住了我：“贝拉在时，你是这样的？”我说对啊。她说：“每次都这样？”我说：“对，怎么了？”妈妈说：“整个晚餐，你一直低头，飞快地吃东西，连看我们一眼都没有。当然了，对你来说，这只是几分钟而已。然后，你起身上楼，把别人撇在这里。”我没说什么。可妈妈还在说：“我不会再怪贝拉。换了我，也会离开。”

两个人的碗，能有几个？何况，是放到洗碗机里，我从前总这么想。可是我忘记了，她费一两个小时做好的饭，我都是几分钟就吃好。然后，把她一人扔在餐厅里，不知道她每次听我说“我上楼了”是怎样的心情。我晓得我有些网络依赖了。夏天时，我强迫自己去度假。在火地岛的海边，我突然明白：女人，不是拿小铲子在海边玩沙子的孩子。当然，你都不能总让一个孩子那样。

你能用花园留住一个园丁，但留不住一个女人。我自以为没在网上和女人闲扯就是对得起她了，可是，可是……

从前，我看阿圭罗都是用水管子给花园浇水，可是现在，我找不到水管子在哪里。一瞬间，我想算了，没水管子怎么浇，明天买吧。但我也知道，一旦明天网络好了，我不会再给花园浇水。贝拉离开后，我想：她都走了，就让花园自生自灭吧。它靠天，能活就活，不活拉倒。阿圭罗我早打发走了，他倒还是住隔壁，是那里的专职园丁。我解雇他后，他还替我浇水剪枝（当初为了便于阿圭罗出入，在我和卡洛斯的花园之间，我弄了个小豁口）。有天，见他还在花园忙活，我冲出去：“你想感动我吗？我不会给你钱的！”他没吭声。我又嚷：“你没有权利再出现在我的花园！”有天，他又来了：“我能借用你的除草机吗？”他谨慎地看着我，“不是给你的花园除草。”“别人的花园，你干吗用我的除草机？”“他家的坏了。”我没有借他。阿圭罗再也不来了。

我决定用桶拎。

水浇下去，尘土的气息飘起来。茉莉还散发着清香。木槿的枝头，还有那么多黄色花蕾。不知它们是怎么坚持到今天的。

什么咬了我一口，我吓一跳。一个虫子，匆忙逃进草丛了。我忘记了树间还会有虫。贝拉独自在花园时，会受虫子侵扰吗？她会叫吗？她呼喊的声音，会不会被我游戏的铿锵声覆盖？而在我喊完“杀啊”或“好啊，我又升了一级”后沉沉睡去时，她是从梦中被惊醒，抑或是在寂静的床上，还不曾睡着？有多久了，我不再陪她买花，不再陪她赏花，甚至都不再知道她想什么？

我从洗手间拎了水桶，要走十米，才能到大门。然后，下三级台阶，浇大平台上的盆栽。然后，是楼梯两旁的。然后下六级台阶，浇平台下的。然后是左边草地上临着小路的，然后临着沃特尔家的。然后是右边车库旁的，然后是临着尼卡奥家的。如果不是提了 70 桶水，我不会知道自己的花园多大。

天色暗下来，我都分不清哪些是花，哪些是草了。既然它们都在我院中，那我就浇吧。

我没有浇草坪，因为它看起来已经没救了。这个我是故意的，给它浇水干吗？它疯长起来，谁去除草？

我的园中也有三角梅？是贝拉何时选回的？慢慢我才看见，那是有些干枯的花枝，落在木槿之上。是沃特尔家的花匠剪下的。奇怪，他经常修剪，就落下这些？难道是我不在时，他跳墙进来过？

有天我眼睛实在受不了了，就走到窗前。一大枝木棉树躺在雕花大铁门的斜坡下。我真是如此沉迷吗？劈倒树的雷雨我都不曾听到？可细一看，并没有大雨后的丝毫痕迹。是尼卡奥家剪枝后落下的。我不禁想笑：看来各家的园丁间有走动啊。

那天木棉树枝出现在我的车道上也是个预示吧？第二天出门，陶醉在游戏中的我心猿意马，没有注意路口一个工地晒沙子支起来的网。那声音实在刺耳，我停车下来。我以为轱辘被扎或车尾被划了，我草草地看了一下，现在我对什么都不很上心。可是，就在我准备拉开车门时，我看到一道醒目的伤痕，从右前车门，一直划到右后车门。我返身回去取相机。我得拍下来，然后叫保险公司。不用取相机了，我猛然想起，因为你现在知道的这个原因，我今年还没有上保险。我抚摸着伤痕，太深了，很多地方都陷了进去。我感觉心痛，也开始为自己觉得可耻。修复这伤疤，用了我 6000 多比索。而且，整整四天，我没有车开。

今天，那枝木棉还在。只不过，它都成柴火了。它不成才怪呢，那几棵长在土里的，都死一半了。

月色很美，晚风清凉，这使得我每次进门提水都想：我怎么会在书房的沉闷中待这么久？我继而又意识到自己原来傻到如此地步了：花园里，就有水龙头的！

我的胳膊累得连瓶罐装可乐拿着都费劲了。可是今晚，多么开心。

卡洛斯家的音乐传来，今晚他们又有聚会了。音乐真好，它没有界限，我在这园中，就能享受。我更想我荒芜的花园能重新充满生机，在绿意和花香中，我要办个音乐 party。我也希望花朵一般的贝拉，不要凋零，仍然盛开，即使是在别处。当然了，我更希望她的归航。如果不是今天网坏了，我不会迈出房门。如果不是今天的劳动，我不会祝福离开的她。

我又进了书房。不为别的，我得定一个计划。为了警示自己，我把它们打印出来。找不到胶水，也找不到不干胶了。我把它们，直接用订书机订在白色的木头书橱的拉门上。

其实快乐更无界限，只要你一转身，就能看到。

也许生活的道理，老天就要在这一天告诉我。

6

lovers on the road

远方，其实没有我们要的生活，我们却停不下追寻的脚步。因为年轻，我们就要出发。

年轻，出发。

非洲，失去的乐园

离开内罗毕繁华的市区，建筑开始疏朗，树更繁盛。绿树，花墙，英国式园艺。司机罗伯特把车拐进一个美丽的庭院，转了一圈，发现不是。也是 Out of 什么，却不是我要找的 Out of Africa。又问了几个路人，车掉头拐进绿树花丛中的另一个庭院。

Out of Africa，走出非洲，很多中国人都知道，难道在这里倒不著名？原来叫法不同。这儿叫凯伦·布里克森博物馆。凯伦·布里克森，丹麦著名女作家，《走出非洲》一书的作者。

庭院深深的、大大的，高高低低的绿树、花树遍布其中。在非洲，到处有开花的树。非洲土地极为肥沃，阳光充裕，在中国见过的很多花，比如一品红，在这里都长成树了。

从未见过这么大的草坪。草坪深处，褐色的农机停在那里。废弃了的机器，在没有树遮拦的非洲阳光照耀下，竟也不显出陈旧。

大草坪对面，spris syprus 树和椰子树掩映着一栋红顶、灰墙、白窗的建筑。通往房间的走廊，玻璃罩着的展示墙上，摆着凯伦所写的书。除了各国版本的《走出非洲》，还有《最后的故事》等。凯伦·布里克森是被还原的真名，她写书时用的名字是艾萨克·丹尼森（这个名字一直沿用于她所有的英文版著作），很男性化的名字。故意这么用的，在她那个时代，男作家的作品更容易出版。用男性化的笔名，也避免被卷入有关女性文学的争论中。

“她那个时代，女人不能写书。而且，用不同的名字，可以赚很多钱。”博物馆的黑人管理员这样为我介绍。我不知他的这种解释来源何处。

梅丽尔·斯特里普的大照片也在墙上。这个相貌平平的女人很美，她的笑容纯朴却灿烂。电影的力量是强大的，正因为电影《走出非洲》，凯伦声名大振，她的作品开始在世界范围内畅销。1986 年，《走出非洲》获得年度奥斯卡 7 项大奖，而此时，凯伦已去世 24 年了。那个 10 岁出头就能写诗歌、戏剧，那个以奥斯塞欧拉为笔名发表过小说、却没有引起任何关注，那个年近 50 还在为出书到处找人，那个病魔缠身、70 多岁还坚持写作和访问的凯伦，天上若有知，会作何感想？

房间基本保持着原貌。客厅里那张精致的豹皮，倒不是原件，是电影《走出非洲》的道具，凯伦把原件送给了丹麦国王。

书房里有很多大照片。她的，她弟弟托马斯的，她丈夫布罗尔的。为了发财，他们来到遥远的非洲，从此走进世人的目光和记忆里。

客厅里张挂着凯伦的画作。她有绘画天赋，17 岁时进过绘画学校，22 岁时短期学习于哥本哈根艺术学校。有张自画像，那是 1962 年的凯伦。她老了，传奇的经历收在她淡看一切的眼里。这油画从开普敦经蒙巴萨到的这里，费尽了千辛万苦。

起居室里，奶白色的壁橱，奶白色的床，奶白色的梳妆台，仿佛新人的房间。事实上，凯伦和布罗尔确是在非洲完婚的。盖着白桌布的小圆桌下，一张兽皮旁，站着一双黑色长筒靴。褐色花纹的布沙发上，躺着一袭米色带三粒黑扣的长裙。仿佛凯伦刚刚进来，也仿佛她刚刚出去。而这进出仿佛间，几十年过去了。房间的两面是窗户，垂飘着白纱帘。布沙发后面的那扇窗外，阳光刺晃晃的。阳光映着满园的绿色，仿佛窗帘也变成了淡绿色的。从房顶垂下的煤气灯亮着。这灯照过凯伦的欢心伤心，照过凯伦明媚的青春时光。

铺着白色镂花桌布的栗色餐桌，做工精美的细木柜子，来自遥远中国的古玩……就连马桶，也是中国那个相声里说的，沙发式的，可以看出，当初的两人过着完全贵族式的生活。

因为随丈夫而来，因为空闲，凯伦遂拿起写书的笔，我向来这么以为。事实不是。咖啡园是双方家庭共同投资购买的，而布罗尔既不谙理财又不懂农业。1921 年，凯伦的舅父解除了布罗尔咖啡园经理的职务，由凯伦接任。当然了，那是八年之后的事。他们是 1913 年 2 月来非洲的。那时一切都明丽、美好，包括爱情。

他们也狩猎，相机照下他们健美的身影和大象的牙。她抱着长长的花束坐在房前，阳光照着她年轻的脸。非洲，未开发的土地，冒险家的乐园，为他们带来财富，也丰富着他们的生活。

她穿越野兽出没的非洲草原给人送供给；她说服酋长让孩子们受教育；为了当地黑人的利益，她给总督跪下……

布罗尔经常不在家。她最需要他之时，他总不在身边。“这是我们要的生活吗？”她问。他没有回答。谁能回答这个问题？我们努力想使生活更缤纷富裕，可不知不觉中，原有的平静安宁不见了。

站在这里就可以望见的冈山，住着丹尼斯，一个英国飞行员。他经常来这里，他成了凯伦的好朋友。他带给她音乐，带给她新奇和梦。他们乘着他的小飞机，飞越田野高山。在云端，她把自己的手伸过去，握住他的。她的脸是有了爱情的脸。

他每天从蒙巴萨飞回内罗毕。她说：“你只要心里有我，不必每天都回来。”

他说不行。他回来后就在门廊下坐着等她，等着等着，便睡着了。

布罗尔理解这一切，他跟丹尼斯说“好好待她”。

现在的门廊，被开满紫花的三角梅掩映着。穿过门廊来到院子里，院子大得让我无法计算。Arauearia fans 树已经有 50 岁了，非洲郁金香树更是有 100 岁。高大的仙人掌树，有三层楼高。

“这棵仙人掌是有毒的，以前打猎就是用它毒死动物。”我到院子后，一直陪在我身边的博物馆警卫说。他伸手掰下一块仙人掌，白色的汁液流出来。我让他赶紧扔掉。他笑了笑：“没事，我不会让它进嘴的。”

三棵仙人掌，有一棵正慢慢地死去，它由绿变黄的掌变得委顿，无力地向下垂着。更多的新生命正在成长：诺福克岛松树，开着白边黄心花的鸡蛋花树，开着红色瓶刷样花的瓶刷树……在瓶刷树的旁边，可以看到一些基石，那是原来的厨房。许久之前，黑色的仆人在这里做饭，然后走出几百米，给主人送去。战争把厨房毁掉了。

穿过小树林，就是原来种植咖啡的地方。这里本是一片原始森林，黑人们生生用砍刀砍出空地，建成了这个庄园。加工咖啡的巨大机器还在，去壳、水洗、摇、烘干，如今已是铁锈色的大机器曾经转出滚滚金钱。在曾达 6000 英亩的庄园里，有 600 英亩用来种咖啡。慢慢地，土质不好了，咖啡价格也上不去。1922 年，布罗尔回国了。凯伦留下来，独自经营着咖啡园。

丹尼斯的爱情陪着她。

却也不过是一场没有结果的爱情。凯伦想要个孩子，小她两岁的丹尼斯不给。在最火热的激情中，凯伦有来自内心的危机。她写信给弟弟托马斯。他比这世上的任何人都了解她，终生支持她的写作。

1931 年，凯伦的梦想都碎在了现实的硬石上。多年的经济危机之后，咖啡园被强行拍卖。当咖啡豆最后一次被摘收的时候，我不知凯伦在哪里，是怎样的心情。然后，在由蒙巴萨飞回内罗毕时，丹尼斯的飞机出事了，机毁人亡。那个有着爱情却不肯肩负责任的身体从这世界消失了，伤痛却永远留给了凯伦。非洲灿烂的阳光恍惚起来。

青春、梦想、爱情，凯伦什么都没有了。八月，她离开了她生活了 17 年的非洲。

把她的青春和最美好的一切留下的非洲，真的给了凯伦最想要的生活吗？答案无人知晓。

远方，其实没有我们要的生活，我们却停不下追寻的脚步。因为年轻，我们就要出发。

年轻，出发。

我也是。

上大学时我便如此。同行的总有小鱼，我的密党。别人乘火车去的地方，我们有时是骑自行车去。那么多地方，有几个如我们的梦中所想呢？可我们，仍旧停不下冲动的脚步。

毕业后，小鱼有了家庭，不能像我一样经常出去了。但我不管到了哪里，都会给她电话。

我参观凯伦的传奇和爱情的今天，我想象着凯伦如何带着幻灭走出非洲的今天，正是小鱼的生日。

我把手机拿出来。在内罗毕下午两点灿烂的阳光中，我的心沉沉地下坠。不论拨多少个号码，都找不到她的电话了，她已经永远离开了，虽然我总忘记这个事实。

小鱼本来有美满的家。可是，她又从别的男人那里看到了爱情。那个男人，答应和她在一起，可关键时刻变卦了。小鱼是自己结束一切的，她的身后有许多非议。但我想，小鱼是爱这个世界的，只不过用自己的方式。我们对这个世界是慢慢爱的，她却一下子便爱完了。

年轻的她也有放弃的勇气。

是的，年轻，还不到 30 岁呵。世界一瞬间就能抹去她的欢颜和笑声吗？我总不能相信。而在阳光照亮往昔的今天，在我因为东非高原的蓝天和白云而感到人生辽阔的今天，我突然奇怪地想，我即使这么年轻就去世也没什么，我已有幸走过这蓝色星球的朝暮。在死前，我要说，我曾是多么热爱这个世界；现在，仍然爱。

而那些有幸绕过人生事故的人们，我愿意他们进入生活的更远处，快乐、美满。

我更希望人们能走出人生的事故，像凯伦一样。

1931 年之后几年的凯伦，茫然不知所往。这让我想起 1906 年，她 22 岁的时候。那时她发表了作品，却引不起任何反响，她为此焦躁不安。年轻的生命空有年轻，没有色彩。那是种很脆的不安，一点点外力就能引起惶恐。

不管有没有得到当初想要的，倒确实是非洲造就了作家的凯伦。让她出名的《七个奇幻的故事》大部分构思于非洲，一部分完成于非洲。而让她声名远播的《走出非洲》，更是非洲送给她此生的礼物。虽然离开六年后，她才有勇气讲述非洲，讲述她那失去的乐园，她那与美好婚姻同时开始的创业，她那与丹尼斯亦真亦幻的爱情。

在多少年的时光中，丹尼斯还出现在凯伦的梦中？已经永远无法知晓了。我们知道的是，凯伦开始了别样的人生，顽强幸福的写作人生。在动了几次大手术后，在瘫痪以后，在进食困难体重降到 35 公斤以后，她仍然顽强地写着。1962 年，在最爱的人辞世 31 年后，凯伦离开了人世。

我看着凯伦包着头巾的青春的脸，我看着凯伦长满瘢痕色衰的脸，我不愿相信她们是同一个人。我更不愿相信，在非洲耀眼的阳光下笑过哭过的凯伦早已不知烟消云散于何处。

这不过是芸芸众生的常态？这是我们欢笑泪水必然归之的虚无？不是，不是呵。凯伦让我们关注的是归结，作为一个整体的归结。关于生存的完整性，是凯伦全部的创作主题。是的，她更多地表达给我们的是这样的信息，我们当中的每一个人都一定能感觉到：我的生活，这独特的东西，是多么的丰富与奇妙。

7

lovers on the road

我也流泪了，把他抱在怀里。我也是爱他的。真的，这种爱，就像吉瑞姆对哈碧玛娜的爱吧，深爱狂恨，就像白天和黑夜交替着、夹裹着，涌进生活这条昏暗乏味的长河里。

图西少年布特拉

英俊少年

昨天，在我奇怪地收到刚果（金）青年库亩巴求救电邮的同时，赫海夫妻的信也来到我的邮箱里。我托他们转的信，布特拉收到了。布特拉对我4月7日“虽没说什么，却让我感到安慰”的信表示感激。那天是卢旺达大屠杀10周年纪念日，但我没提大屠杀，就像卢旺达人之间几乎不提一样。告别布特拉快两年了，但他英俊的面容，愤怒中暗含哀伤的神情，永远留在我的记忆里。

赫海陈敏夫妻最初是在卢旺达首都基加利承包项目，后来被骗，回不去了，只能留下来找生存机会。有天，吃完晚饭，在芒果树下散步时，我说特别想收养一个黑孩子。

陈敏闻听此言，笑得差点背过气去。歇了半晌，她说：“我知道你一贯异想天开，可这回也异想得太远了。”

蔫声小语的赫海倒没笑，他说：“你真有此意，明天我就给你带来一个。”

第二天，布特拉便站在我面前。我上下打量他几眼，对赫海夫妻说：“纵然图西族（世界上最高的民族）平均身高1米83，可这孩子，还是年纪在那里了吧？”然后我问布特拉，他回答说15岁。

这回轮到我笑：“都说收养儿子女儿，没听说谁收养弟弟的。”

赫海说：“我看你在非洲这几年是白走了。你这年纪在卢旺达，有十个孩子都不稀奇。”

卢国曾是法国的殖民地，大部分人信仰天主教基督教。据说圣母玛利亚有十个孩子，这里的女人，也以有十个孩子为荣。在非洲，我见过很多十几岁就做母亲的，所以闭嘴了。不想赫海倒还没完，他先是蔫笑两声，然后说：“你带回去这么大个孩子倒好说，真抱回去个一两岁的黑孩子，那你还能解释清楚？”气得我差点从地上拣个芒果砸他。

布特拉1.77米左右，头小，手臂、手腕细瘦，长睫毛，英俊少年，典型的图西人。

“跟你开玩笑呢。”陈敏说，“这是我们的司机。”

“不管国际舆论怎么呼吁，非洲使用童工还很普遍。”我说。

“他是孤儿，他得养活自己。”赫海说。

“15岁，做别的还可以。开车行吗？”我怀疑。

陈敏说：“那次大屠杀后，卢旺达人口结构已发生巨大变化。妇女占多数，而且，14岁以下的孩子占40%，他们什么都能做。”

中国人勤劳，海外的个体商人更是疲于奔命，基本无休息时间。能让出个司机陪我转，已算情谊到家了。

卢旺达是个小国，基加利自然也不大，但却很整洁。整座城市建在四周环山的洼地中，植被茂盛，气候宜人。城市里没什么称得上规模的建筑，只有一个中国援建的体育场。也几乎没有五层以上的楼，财政部是五层的小砖楼；中央银行的三层楼还算别致；议会大楼占地面积不大，四层，楼四周的墙体弹痕累累。

看到这些弹痕，我说起刚果（布）：“政府部门的墙上也到处是窟窿眼儿。”

布特拉问那里政府部门是什么样子。

“9 点半上班算是好的，10 点来也不错，一般人 11 点才到。下午 1 点就下班，1 点半下班就算好的。他们的公务员是终身的，没有辞退一说，所以他们不怕。”

“曾经，卢旺达的政府里，88% 都是图西人。”布特拉说，“我们比胡图人聪明，也比他们有教养。”

图西族人普遍受过良好教育能找到好工作，因为法国之后的殖民者比利时，向他们提供这种方便。比利时人定下儿童上学的最低身高标准，这一标准，把胡图人排除在外。比利时人这么做，是因为图西人肤色较浅，长相也像欧洲人。他们选中图西人代理他们对胡图人的统治，也人为地把社会分出等级。1959 年，长期受压迫的胡图人反抗了，举着大刀砍向图西人。而此时，恐慌的比利时人却抛弃了他们的图西代理人，站到了人数占 85% 的胡图人一边。对比 1994 年的大屠杀，这根本不算什么。

卢旺达的小学里，老师至今还没有给孩子们讲过那场大屠杀。布特拉虽 15 岁了，可毕竟还是孩子。8 年前，他 7 岁，是会记得那场血腥的。不愿触及他的伤痛，我绕开卢旺达，又给他讲起他们曾经的故乡，刚果（布）。记得我小时候，说哪个孩子长得黑，就说他（她）是刚果人，刚果在我们眼里是非洲的一个代名词。从1960年摆脱比利时殖民统治，到1998年的38年间，这个地球上“电闪雷鸣”最频繁的国家，经历了十次之多的政变、叛乱等非正常政权更迭。当我终于踏上那片土地时，它已分裂成刚果（金）和刚果（布）了，背后分别站着英国和法国。

“那里怎么样？”布特拉不特别感兴趣地问。

“那里最好的酒店，水龙头里都流‘黄汤’。超市很小，东西很贵。在西非1500郎的一盘鸡蛋，他们那里要6000郎。他们用中非法郎，跟西非法郎是一比一。西非还可以加工个酸奶什么的，他们那里纯进口。和你们这里一样，对中国人特友好，他们那里四五十岁的人都是捧着我们毛主席的红宝书长大的，‘我们最缺少的就是邓小平那样的人物’。问他们新选的总统多大了，回答说‘跟你们的温家宝一般大’，什么都门儿清。”

“在乌班吉河边的渡口，站着很多男人。有女人过来，拿着刚摘的木薯和花生，男人们去就拿，他们说‘拿她们的东西是她们的荣幸’。陪同的人告诉我说，他们是共产主义。我说共产主义应该是在物质极其丰富的条件下。他们说他们是原始共产主义。不过这么说他们，下回就没那么自然地拿女人的东西了，付给女人100郎。女人不知怎么好，一下子把花生都给他了。‘东西回家前，别人要，是不用给钱的’，那女人告诉我。”

现在，卢旺达西边的邻国是刚果（金），因为是“中非宝石”，那里的人们因而得获无穷灾难。20世纪90年代末，手机销售火爆，造成全球对钶钽的巨大需求。占全球80%钶钽铁矿储量的此地，你想会发生什么？不说在非人的条件下开矿的童工，刚果东部，婴儿的死亡率和畸形率，4 年来已增长四倍。黑猩猩的数量也骤然下降 90%。而对矿产资源掠夺带来的内战，已使 300 多万人丧生。虽然欧洲一些人权组织发起“别染血我手机”的行动，但是，以美国为首的列强，还是那么平静地看着从血腥中来的数亿美元进了自己腰包。1960 年刚果结束殖民统治开始独立，但和所有的非洲国家一样，它背后一直站着欧美列强，掌握着他们的政治和经济资源。过去十多年里，75% 的非洲国家不同程度卷入战乱，800 多万人丧生，600 多万人沦为难民。非盟首脑会议把非洲战乱原因归结为部族多（这不假，非洲有 2000 多个部族）、贫困、一些国家盲目推行民主，政变等。这四个理由不错，但是，他们并不往深里说。1963 年在非统组织宪章上签字的 31 个独立国家领导人中，有 17 位后来被军事政变推翻。而这些政变，几乎无一例外都由欧美列强支持。而非洲国家“盲目”推行的民主，很多更是迫于西方停止经济援助的要挟。1990 年 10 月，西方同样以此要挟，迫使卢旺达当时的总统宣布实行多党制和西方式民主。结果大乱。

黑奴被运到美洲的多年后，黑人想回非洲。美国人给他们划了一块地，“为了和平，我们来到这里”，这就是利比里亚的含义。而这个美国人给的“自由地”，从 20 世纪 80 年代末以来一直打了十多年内战。终于平息了，突然又乱了。法国的军用机把我送到海军运输舰上，离开战火的船，驶向的不是别的地方，是它的邻国科特迪瓦。而一个月前，我就是从那里的战区辗转去利比里亚的。几内亚湾内，大西洋波涛汹涌，就像是黑人的呐喊：哪里是我们安宁的乐土？

1494年托德西利亚斯条约上写：凡是已被或将被葡萄牙国王及其舰队发现的岛屿和大陆，均属葡萄牙国王和继承人。而1751年的百科全书对“殖民地”这个词的解释是：殖民地应依附于宗主国，受宗主国监视；殖民地的贸易应由殖民地创立者垄断。如果殖民地离开宗主国，那它就没有用处了。20世纪60年代，非洲各殖民地纷纷独立，但是，我想很多在非洲的人都知道，这些殖民地的宗主国，从未真正离开过。在我们这个日渐“文明”起来的现代社会，它只不过被换了说法。而在欧美对非洲的掠夺更加猖狂之时，人们虽不说，但知道，一个新殖民时代已经来临。他们用经济和军事上的援助，换取在这些国家惊人的利益。

世界政策协会的报告表明，1989到1998年之间，美国对非洲2.27亿美元的军事援助中，有1.11亿进入了刚果内战的相关国家，包括安哥拉、那米比亚、卢旺达、苏丹、乌干达和津巴布韦等，这还不包括1994年对卢旺达750万美元的紧急援助。事实上，卢旺达和乌干达根本就是美国的军事伙伴，长期接受美国的军事训练和武器。而美国前总统克林顿在1998年访非时，还称赞这两国总统是“非洲的文艺复兴”（African Renaissance），并支持卢旺达、乌干达两国入侵刚果。所以两国入侵刚果东部后，开始通过反政权势力大肆开采刚果东部的矿藏，而后运至两国，再转运至欧美国家。

非洲很多国家，也都互相支持各邻国的反政府势力。卢旺达的图西贵族流亡到乌干达，得到他们的支持，才有精良武器，才能把总统座机从天上打下来，也才导致了1994年那场血腥的爆发。

15岁的孩子不能理解这些，所以我只给他讲那些萍水相逢的人和事。

从这里到刚果（金）很近，开车一小时20分钟，边界为战争区域。由于国际社会对刚果（金）施加压力，使卢旺达的叛军不得不离开，打回老家，因此边界常有战事。从2001年6月初开始，基加利在晚11点至清晨6点实施宵禁，白天为军事管制。

“千丘国”卢旺达虽小，但很漂亮，人称“非洲的瑞士”。因为战争，一切都被破坏了。基加利的路面一般，主路还不错，双向四车道。路旁就是土坡，很原始。城市居民都居住在山坡上，房子简陋，基本为木板搭建。简陋，但很整洁，掩映在绿色植被中。

和布特拉一样，这里的人都很纯朴，看上去要比非洲好多国家的人干净。虽为法语国家，但许多人都能说些英语。因为在卢旺达生活的乌干达人很多，他们大多说英语。

布特拉也会说很好的英语。我夸他时，他说“我们图西人就是比胡图人聪明”，我夸他英俊，他便说“我们图西人不论男女都比胡图人漂亮”。胡图、图西，卢旺达的两大族（还有特佤族，占1%）。与图西族的“美，高，聪明，富有”相比，胡图族“丑、矮、笨、穷”，却人口众多，占这国家的85%。图西族为自己骄傲，胡图族也以娶图西女人而骄傲，“娶了图西女人，孩子就会像图西人，漂亮”。

言必说胡图不如图西，我不知布特拉有否什么意思，更不愿这少年追想那场屠杀。参观屠杀纪念地时，我没有让他与我一起前往。

“你不是高吗？我就砍你的脚！”

大雨季刚走，大旱季跟脚就来了。原来满眼苍翠的绿色不见了，被干风卷起的红土笼罩了一切。见我的车远远地开来，行人马上都躲蹲到路旁的树丛里。待车过去，车后红色的卷风消失，那些人才慢慢地出来。

汽车从主路下来，开到土路上。穿过一个胡图人的村庄，车来到半山腰上。有废弃的树搭成门，司机和看门老人说了几句话。老人呆然地望我两眼，而后沉默缓慢地把一些木头移开。我们进去。

往下走，是墓。

南边，是六座连在一起的巨大水泥坟墓。从坟墓的入口处，就会看到薄木板钉的棺椁，层层叠叠，层层叠叠。水泥坟墓的外边是临时搭建的木棚。木棚里全是尸骨，不全的尸骨，白白的尸骨，累累的尸骨。密密地码在最上层的是头盖骨，眼窟窿无助地向上望着，嘴倔强地张着，好像要诉说什么。

这是我第一次看到人的尸骨，如此多的尸骨。巨大的恶心从心底翻涌而来。我奋力抗拒，最后仍不得不堵住嘴。习习阴风，让我浑身发颤，头皮发麻。

北边的展厅，记录了那场灾难。

100 天内死了 100 万人！（大部分是图西人）也就是说，在那 100 天里，四分之三的图西人从地球上消失了。杀害他们的不是别人，是这国家的另一族，胡图人。

民族清洗。联合国宣布“反人类罪”以来，这是唯一一桩种族清洗罪。

1994 年 4 月 6 日，卢旺达总统哈比亚利马纳和布隆迪总统恩塔亚米拉，在出席了有关解决部族冲突的地区性首脑会晤之后，乘卢总统的专机返回首都基加利。飞机临近机场时，被火箭炮击中，机上无人生还。事发数小时后，卢旺达局势骤变，以胡图族为主的总统卫队同驻扎在首都的反对派，和以图西族为主的爱国阵线之间爆发猛烈的武装冲突。两派之争随即发展成胡图与图西之间的部族大拼杀，占多数的胡图族对图西族进行了种族清洗。

“‘你不是高吗？我就砍你的脚，让你和我一边高。’胡图人喊着，杀向我们。”

这突然响起的声音吓了我一跳。那些冤魂发出了吼声？不是。是布特拉，他不知何时来到这里，站在我身边。

“‘你不是聪明吗？我就砍你的头，让你和我一般傻。’胡图人喊着，杀向我们。”

与沉郁的看门人迥然不同，布特拉伸着手臂，挥舞着。因为愤怒和激愤，声音开始颤抖、嘶哑。那个微拘谨的美貌少年，和眼前的这个，是一个人吗？

“只要看到图西人，就杀。邻居之间互相杀，老师杀学生，雇员杀店主，丈夫杀太太；为的是使自己不死得更惨。父亲也杀孩子，‘因为他们体内流的也有图西人的血’。

“一家中资机构，雇了两个图西族员工。胡图人平时知道，此时找上门来。这家公司的老总出来，说‘他们都回家了’。卢旺达人，不论哪族，对中国人都好。胡图人相信中国老总的话，便走了。半夜，中国人把躲起来的图西人从后门送走。”

“这个故事我知道。”我尽量平静地说，“天亮时，有人来报信说那两个图西人都死了，外面到处是手拿棍棒砍刀的胡图人……”

布特拉没有接着说，他失声痛哭起来。

“都过去了。”我伸手拍了拍他比我高出许多的肩膀，安慰他。

“永远不会过去的。”他用那少年好看的手，使劲捶着墙壁说。

来卢旺达前，我就知道，这里的 1994 年，100 天内，死了 100 万人。可是看到这些尸骨，看到这些图片，看到如此悲恸的布特拉，我的承受力被击碎了。我艰难地走出墓地，没走多远，便坐下。我打发走司机，和布特拉坐在山坡上。我们头上，是微有雨意的天空，这其实是一种假象。干旱将持续数月，直到孱弱的草木都被晒死。不远处，低矮的棚屋前，很多妇女在篝火上烧饭，菜蕉将熟未熟的味道隐约飘来。不时有顶着东西的妇女从身边走过，她们围裹着大花布，大眼睛里茫然若失。用花布兜在身后的小男孩，光光的头，有贫穷中的顽皮。

“今天你刚出门，我就看出了你要来这里。”布特拉开口说。他年轻的脸上，还有不曾干去的泪痕。

我不知如何回答，兀自沉默着。

“我想给你讲我的故事。”他的眼睛看着我望不到的远方，细长的手拣来脚旁的一个小树枝，随意在地上乱画着。

我看了他一眼，还是什么都没有说。

“这故事压在我心头八年，实在太难受。而卢旺达人，再不想听这样的故事。我也不想让周围人了解我，我宁愿让他们觉得那场屠杀后我就是个孤儿。”他说，并不看我，“我之所以要讲给你，还因为，你是个作家。”然后，不容我反对，他便开始了自己的讲述。

一个少年的逃亡

我并不是基加利人，我来自卜尼澳尔。我曾有过怎样幸福的一个家，我们曾在种植园中过着如何安宁的生活，我现在不想给你讲。我从那场屠杀，那场改变了我，改变了所有卢旺达人的屠杀开始。那天我病了，非常不舒服。你知道，我们没有药。按我母亲告诉我的，我趴在地上，脸对着泥土，让太阳晒去我身上的细菌。我被暖暖的太阳照着，很快睡着了。那是两块菠萝地间，和我们的住房有段距离。你知道有些男孩子是很蠢钝的，有时很大声响也弄不醒他们，这也是我幸运，或者说可悲地躲过屠杀的原因。真的，我什么都没有听到，没有一点心理准备，这也使得回家的我吓傻了。我二妈倒在门前做饭的篝火里。我们家用来烧饭的唯一瓦罐碎了，其中一片，扎在她脖子里。我不明白发生了什么，赶紧向大敞着门的屋里跑去。什么绊了我一跤，是我二哥的一条腿，没长在身上的腿！我父亲，脑门被砍掉了一块，污血盖满了脸。我母亲，我哥哥妹妹弟弟，除我外的全家，14 口人，都倒在血泊里。真的，真的，我站在那里，不知发生了什么，更不知该怎么办。这时候，我听到我妈妈微弱的呻吟。她的头靠在墙上；被砍掉的乳房，血淋淋的，粘在她腿上。她坐在我们睡觉的草席上，估计都不曾来得及站起来。我俯下身去，“不要忘记，这是胡图人对我们做的。”我妈妈说着，就将她疲惫的头歪向一边。

我们周围，经常有人死去。一旦谁病了，你知道，只有坐等上帝把他们带走。可是，我从未想过哪一天，我的家人全走了，只把我孤零零地留下。我想抱着我妈妈痛哭，可是，我害怕血，它弥漫的腥气让我忍受不了。我跑到外面，倒在地上，使劲哭。月亮升起来了，月光使得眼前的一切更加阴森可怖。于是，我挣扎着起来，去找彼德瑞。我和彼德瑞是从小的玩伴，亲同兄弟。我想他会偷一块烤鸡或其他随便什么给我的，我饿得要命。于是，像平时一样，我高喊他的名字，向一个小坡下他的家跑去。我刚跑到一半，突见他跑出家门，冲我喊：“布特拉，快跑，我爸爸要杀你！”那一瞬间，我的感觉是：我家人都是彼德瑞爸爸杀的。我们怎么惹他了？我一时不知如何是好，愣在那里。这时候，彼德瑞的爸爸也跑出来了，喊：“那是图西人的崽子。他们家还没有被杀光，抓住他。”喊着，就向我冲来。“快跑呀，布特拉！”彼德瑞喊，拉住他父亲的手臂。然后，我看到，从房子周围围拢过来的十几个胡图人中的一个，举起砍刀，砍向彼德瑞的脑袋。这些人疯了吗？我想，转身向后跑。那是我生命中最艰难的一段奔跑。以后，我无数次逃奔，独自一人，和一群人，和成千上万人。但是，没有一次有那么艰难。我的头发全竖起来了，我感觉老鹰的利爪在抓我的头皮。我想我为什么不能是老鹰呀，就是一只鸟也好，只要有翅膀，就能逃开卜尼澳尔这个魔鬼已经降临的地方。我跑到一个山顶，然后让自己像块石头那样滚下去。我被撞昏了。醒来后，我发现自己躺在一片香蕉林里。而在离我不足十米的地方，就站着一排胡图人。他们手持矛叉棍棒，大声嚷着。这时，我也听到了收音机里传来的摇旗呐喊，那是号召胡图人杀向图西人的喊声。那是米勒·克林斯电台，后来人们称它大砍刀电台。

我躲在香蕉林里，瑟瑟发抖。我也想过去找彼德瑞掉落的脑袋，但是，我胆子太小了。

在以后东躲西藏的日子里，我渐渐明白过来：胡图人对我们的灭绝开始了。

我随着逃亡的人们奔向基伍湖。湖的对面，就是刚果（金）了。我们赶到岸边，可是没有那么多船。胡图人赶来了，高举着大砍刀。大家纷纷向湖里跳去。不会水的人，也跳湖了。是的，是的，我们就是淹死，也不愿死在胡图人的刀下。湖里污血横流，腥臭不堪。而从前，那是多么美丽的湖啊，人们都说她是中非皇冠上的明珠。真的，你去过那里吗？那里的水晶莹碧透，伯安格火山从湖里神秘地升起。真的，真的，我从不曾从这湖里看到灾难。

无数的尸体漂浮在湖面之上。有时，它们会靠近，无声地触碰几下，然后又漂开。湖水越来越平静，就像流淌的血终于凝结了。岸边，也有无数的尸体，无数的残肢断体。躲开死亡的人们，湿湿的，倒在岸边，大声地喘息。也有啜泣的，也有痛哭的。而后，在接下来的漫长时间里，他们不再发出声音了。他们和我一样，用茫然的眼睛看着这一切。

联合国的军队连伤员都带不走，伤员依旧被砍死。红十字会的人也死。牧师因为保护图西难民而被活埋……

我们开始向东部，向卡盖拉河方向跑。

哪里都有胡图人。

黄黄的河水里，有人的头。有的人死了，手臂却向上伸着。两岸的泥地里，到处是僵卧的尸体。大雨季时，河里会有淹死的牲口。我们和牲口有何区别呢？艰难的劳作，被宰杀的命运，我们还不如它们。它们至多拿角顶对方，扬蹄踢对方，它们永远不会拿刀的。而且疯了一般，见到和自己不一样的，就砍。

每一次屠杀之后，都是骇然的寂静。河水流过，有时是汩汩的声音，有时是哗哗声。空气里，除了灾难的气息，还是灾难的气息。路上的难民越来越多，他们衣衫破烂，头上顶着可怜的一点东西。

我们也经过那些沼泽。我们卢旺达，是不是身陷沼泽中了？我不清楚那是我当时想的问题，还是后来想的。我真不想奔跑了，随便让我死在哪里吧，除了胡图人的刀棒下。但是，真正的惩罚，并不会让你轻易死去。刚开始时，我常常哭泣。一个男

布城，沿着故事的轨迹 5
lovers on the road

5 布城，沿着故事的轨迹

lovers on the road

非洲，失去的乐园 6

lovers on the road

6 非洲，失去的乐园

lovers on the road

PLEASE
DO NOT TOUCH

6 非洲，失去的乐园

lovers on the road

非洲，失去的乐园 6

lovers on the road

6 非洲，失去的乐园

lovers on the road

7 图西少年布特拉
lovers on the road

图西少年布特拉 7

lovers on the road

7 图西少年布特拉

lovers on the road

8 北伦敦之夜

lovers on the road

8 北伦敦之夜

lovers on the road

人，在给了我一块番薯后说：“孩子，不要哭。你只要记得，这是胡图人对我们干的。”这和我妈妈临死时说的话那么像。我听罢，哭得更厉害了。什么都有个尽头，我的眼泪流干了。

刚开始时我还想过自杀。后来我想，我不死，我一定要坚持，我要让这世界上多个图西人，让图西人不被灭绝的可能再增加一分。可有时，我又想，干脆我们图西人都死了算了，把卢旺达全让给胡图人，让矮小丑恶愚蠢的他们乐死。或者，来一场瘟疫，让他们一下子死光光。在死亡里，我都不愿与他们为伍。

虽然我知道图西人对胡图人也开了杀戒；虽然我知道，甚至在“蓝盔”的眼皮下，图西政府军也成群地枪杀胡图人，但我心里，对胡图人，还是恨。我永远不会忘记，我们全家，我们四分之三的族人都那么悲惨地从这地球上消失了。而在我亲眼看到彼德瑞的头被胡图人砍下时，我知道，我不再有胡图人的朋友了，他们全是我的敌人。

1995 年初，在九个月颠沛流离非人的生活后，我有幸被送到了伊牧巴姿姿，那是罗赛开的孤儿院。虽然以后的岁月里，我对美国人并无好印象，但罗赛，这个美国老太太，是我一生最敬重的人。把自己一生交给卢旺达的她，在屠杀后不得已的撤离后，很快又回到她满目疮痍的种植园，开了这家孤儿院。她想为我们寻找合适的领养家庭。一开始，我就知道，这只是美好的愿望。图西家庭是不会领养胡图孩子的，反过来也一样。非但如此，我们和胡图孩子的对立，在孤儿院里就藏而时发。真的，看着足球滚动的时候，我总想那是彼德瑞的脑袋。在这点上，我也经常糊涂，总把他想成图西族。这就使得我的脚不会那么安分，会那么使劲地踢胡图孩子的腿。我会偷走他们的本子，扔到门外厨房的火炉里。我也在他们的本子上拉大便。我连女孩子都不放过。你知道我们这里，很多花是不能碰的，一碰皮肤就会溃烂。我从种植园工人那里偷来剪刀，剪下毒花，用树枝，夹着它们，涂抹到胡图女孩的床上。女孩的卧室和我们的卧室，都在二楼。

我做这一切时，心里是那么痛快。虽然事后，我不敢看罗赛妈妈的目光。我也不敢看她的背影。每天傍晚，跟我们道过晚安后，她会沿着小路慢慢走回自己的屋里。她以为我们孩子有的，都是晴朗的天空，愉悦的笑声，她不知我们和胡图孩子彼此间默默的仇视。那些胡图孩子，也饱受灾难，也不忍心让这 87 岁的罗赛妈妈伤心。他们和我们一样，都是伺机而动，绝不张扬。看着罗赛妈妈走进那刚刚点上油灯的房间，看她坐到温暖的椅子里，我总想，她就这么死去吧。这样，她是快乐的，她便不会看到明天可能就会发生的再次骚乱。

对于这个将自己的一生交给卢旺达的女人，我一直觉得亏欠。但是，对于灭绝了你四分之三族人的异族，你说仇恨真的能消失吗？如今卢旺达是个和平的国家，世界各国的报纸、电视也说：卢旺达人民有理由相信，由于非洲国家和国际社会的协同努力，昔日不堪回首的大屠杀惨剧将永远成为历史。可是，为什么，我的心里总有怀疑呢？1962 年，大家觉得稳定了，很多人忘记了 1959 年的冲突；然后是 1990 年；然后是更血腥的 1994 年。我知道这是图西流亡分子引起的。可是，几个世纪以来，我们图西族是高高在上的。胡图人杀我们是因为妒忌，我们有文化，有教养，富足。在我每每说到图西如何好胡图如何差时，我记得你告诉我：欧洲人来到卢旺达前，图西和胡图两个部族是互相依赖，互相帮助，和谐共处的，这我也知道。可是，我们不能左右自己的命运，对别人的掌控也无能为力。所以我有时也想，这非洲，如此美丽的大陆，为什么生活着我们这么一群人呢？而每每听到布什说“为了孩子，为了孩子的孩子”，我知道他根本就在说谎。而世界上那么多国家都知道，他并不真想把自由带到世界各处，却都装傻地看着听着。他们无能为力，我们又能怎样呢？而我，除了心怀对杀亲异族的仇恨，还能有什么呢？

最深的爱与恨

伊牧巴婆婆虽不能让孩子得到家庭的领养，却是我们孤儿的庇护所，也为很多孩子找到了他们失散的家。每有一个孩子被领走，我都会郁闷好几天。我爬到高大的木瓜树上，望着曾是我家的方向。我知道，我永远等不到那一天了。可是，有一天，罗赛妈妈慈祥地走到我面前说：“布特拉，你家人来接你了。”一定搞错了，一定是找另一个也叫布特拉的男孩，因为，我亲眼目睹了我全家人倒在血泊里。那么长时间不醒来，他们也不会再醒了。

我还是走出教室。在三月的阳光下，我看到哈碧玛娜在芒果树下向我微笑。是她？！真的，我几乎忘了这世上还有她的存在。你知道，我们国家，有些男人能娶四个老婆。她是我三妈。

嫁给我父亲时 16 岁。她也是图西族，长得非常漂亮。我们邻村有个叫吉瑞姆的胡图男人曾一直想娶她，因为娶了图西女人，生的孩子会很漂亮。因为家里反对，她最后没有和那男人好，而是嫁给了我父亲。可那男人，还经常偷着找她。有一次，她想买一双新拖鞋，我父亲没答应，她便借故离开家了。我听别人说，那男人也没了踪影。我父亲禁止家人提起她，所以，我真的几乎忘记了她的存在。

她比从前老多了，虽然笑着，但很难看。她受了多少磨难啊？又费了多少周折才找到我？不管怎么说，她真是我在这世上唯一的亲人了。我扑到她怀里，流下很久没再流淌的泪水。

她是我在这世上唯一的亲人，我却不是她唯一的。她那个亲人，两个月后，从她肚子里出来了。你可能知道吧，我们国家，男人看上女人，会在她手心上抓两下。如果女人也在男人手心上回应这么两下，就表示她同意了，他们就可以在一起做那事。所以，对于这婴儿的父亲是谁，我连想都没有想过。这离乱后诞生的新生命，给我们带来了快乐。孩子很漂亮，像哈碧玛娜，起名叫杰拉德。和所有幸存活下来的人一样，我们在这千疮百孔的土地上，默默、艰难地生活。我们也很开心，这开心是孩子纯真的笑声为我们带来的。

很快，我发现，哈碧玛娜经常躲起来默默哭泣。开始我以为她是想念死去的亲人，直到有一天我目睹了一切。那天下午，我在山坡上砍柴。当我累了，准备收起砍刀休息时，突然听到身后不远处有推搡和咒骂声。我回头，看到哈碧玛娜和一个男人在一起。我不清楚那男人和她什么关系，所以一时没有动。但是，接下来，那男人粗暴地将她身上的裹布撕开，推倒她，骑到了她身上。那是我第一次看到这种事。而接下来的事，更令我大吃一惊。那男人一边干她，一边扇她耳光。不管那男人是谁，我都不能容忍了。我大叫着，冲上前去。那男人闻声起来，转过身。我看清了，那是吉瑞姆，娶哈碧玛娜不成，却在她婚后把她拐走的坏男人。"图西崽子"，吉瑞姆看着我说，一下子把我拎起来，摔到一边。把婴儿往墙上摔，往地上摔，我见过胡图人这么杀孩子。我估计我最小的弟弟也是这么死的。所以见他这么摔我，我气极了。我上去，抱住他的腿死命地咬。他大喊一声，一脚踹在我头上。我一下子昏死过去。我醒来时发现自己躺在地上，身边是哭泣的哈碧玛娜。我们抱头痛哭。那年的雨季走得晚，那么大的雨，劈头盖脸地浇着我们。

以后，那男人还来。他来一次，我就打他一次，虽然最后我都被他揍得鼻青脸肿。"你为什么容忍这样的男人呢？"有天晚上，我终于忍不住了，问她。

"有什么办法呢？"她说。停了半天，她终于说了，"他是杰拉德的父亲。"流着泪，她为我讲述了她离开我父亲之后的生活。他们开始时还是幸福的，直到大屠杀的到来。看到父亲也会亲手杀自己有图西血统的孩子时，她吓得躲起来，可吉瑞姆找到了她。"我是不会杀你的，因为我爱你。"吉瑞姆对她说，"我也恨你，因为你是图西族。"然后，第一次，吉瑞姆粗暴地强奸了她。她怀孕了。"我给你找个安全的去处。"有天吉瑞姆来找她说。她东躲西藏实在累了，便和他走了。他纵使恨她，也不能把她怎么着，何况她怀着他的孩子。她跟他去了他刚刚加入的军营。和哈碧玛娜一样，吉瑞姆也不想要这孩子。“我不想要你肚子里的孩子，怎么办呢？”他问。不等她回答，两个彪壮的男人便进来了。她以为他们要强行给她打胎呢，吓得后退。可是，哪里是呢？他们是想用更残忍的手段把孩子弄下来。当着吉瑞姆的面，那两个军人强奸了她，孩子没有下来……就这样，当着吉瑞姆的面，哈碧玛娜被 6 个人轮奸了。她后来又不知被多少人强奸。吉瑞姆把她带到军中，让她做了军妓。胡图军人强奸了 25 万图西女人，其中有 1 万人生下孩子。你知道吧，人们把那些孩子，叫做“战争之孕”。后来，在哈碧玛娜差不多快被折磨死时，吉瑞姆把她偷偷放走。随后他又找到她，强奸她。她又有了孩子。

你是个作家，一定见过也写过爱恨情仇。但是，我想，世界上没有哪对恋人，会像他们相恨到如此地步。而在我，在渴望自己立刻长大，有足够力气干掉吉瑞姆时，在为我们力量如此的悬殊懊恼之时，我突然看到了解决办法。是的，是的，我怎么从未注意到呢。杰拉德是吉瑞姆的孩子呀，他血管里流的，也有胡图人的血！

我想让这孩子死，却不想看到血腥，我实在厌倦了那种气味。但有时我也冲动，尤其是抱着他的时候。我是怎么压抑自己，才没有把他摔到墙上呀。有时，真的，我快控制不住自己了。于是，慌忙地，我把他扔到草席上。真的，我厌倦了血腥，我想让这孩子默默不流血地死去。我把他放到了尼瓦龙古河里。

可是，多么奇怪，这孩子没有淹死，一直漂在河面上。你知道我们国家有一半人信万物有灵教。我想这河水也真是有灵，不想再收留人这贱烂的生命。于是，下一次，我学那些受辱的女人，把这孽种孩子扔到了政府大门前。他又被捡回来了。

“不仅是你，吉瑞姆也不想要这孩子。”哈碧玛娜搂着孩子，哭着对我说，“可是，这孩子是无辜的。他长得像我，你可以把他看成图西人。我其实也恨过这孩子，想在他还不曾真正来到这世界时把他处理掉，可我失败了。从那时开始我觉得他是我的孩子，不能割舍。我失去了全部亲人，他将是我唯一的陪伴。那时，我还不知你还活着。”

吉瑞姆确实不想要这孩子。像精神病间歇发作一般，隔一阵，他就来那么一通。有天，我正在山上砍柴，哈碧玛娜慌慌张张跑来，把孩子交给我说：“快带他躲起来。吉瑞姆来了，又要杀他。”我抱着杰拉德向山上跑。我一直爬到了峭壁上。我把他放下，自己走开。我想让他掉下去，但我不想推他，虽然这其中的差别并不大。“哥哥，你为什么把我放在这里呀？”那孩子哭起来，说，“是不是因为没有饭吃，你们就决定把我扔了？我再不吵着要吃的了。我水都不喝。”

我知道图西人后来也向胡图人报复了。图西军人把几十万胡图人赶到一个山谷中。几十万人，真的像罐头那样挤在一起，坐都没法坐，谁坐下谁就马上被踩死。不吃不喝，就那么站着，一直站了三天。你能相信吗？他们站了三天，而且是在大雨里！有些人实在受不了了，就跳下山谷。有些人想借夜幕的笼罩逃开，结果被枪打到了悬崖之下。我不知为什么想到了这个，也许是因为我看到了峭壁下连绵的山坡上各色简易的塑料帐篷？那是难民营。这么远看，我看不出哪是图西人，哪是胡图人。

我打消了杀死这孩子的决心，但我不能停止自己恨他。他渐渐长大了。四岁的时候，他像所有没有爸爸的孩子那样问哈碧玛娜，她没能给他回答。他又来问我。他用他那么好听、稚嫩的声音问："哥哥，我们为什么没有爸爸呀？"我给了他回答。我攒足了全身力气，扇了他一个耳光。"你要是告诉妈妈，我今后每天都打你。"我警告他。那孩子望着我，眼泪扑簌簌地流下来。我也流泪了，把他抱在怀里。我也是爱他的。真的，这种爱，就像吉瑞姆对哈碧玛娜的爱吧，深爱狂恨，就像白天和黑夜交替着、夹裹着，涌进生活这条昏暗乏味的长河里。

那孩子聋了。看到那聪慧的孩子吃力地揉着自己的耳朵想听，却最终还是什么也听不到时，我肝肠寸断。哈碧玛娜知道我有杀这孩子的企图，但她想不到这聋和我有关。她只是一味地哭。我劝慰她说："这未尝不是好事。当他长大，当他终于清楚自己的身世，知道自己和那些'战争孩子'一样，是母亲受辱的产物，他的痛苦并不亚于今天。"劫难过后，各种疾病横生，不停有人死去。也许真是麻木了，哈碧玛娜哭了一段时间，就再不哭了。她只是更沉默。

我没有必要撒谎。但是，真的，那孩子最后的死，和我一点关系都没有。那天，他在路上玩时，突然有车疯狂地驶来。别人喊他，可他听不到。我想那是吉瑞姆所为，因为有人看到了司机很像他。但哈碧玛娜觉得孩子是我杀的，她用她哀怨的大眼睛看了看我："你终于如愿了。而且，没用自己的手。"她就说了这么两句，之后再不讲话了。不知哪个胡图恶人说的，说我和孩子一起在路上玩，然后，看到车来，我悄悄向后退走了。真的，我没有撒谎的必要，我当时并不在场。我赶去时，孩子早成血肉了。

那天夜里，哈碧玛娜死了。

我望着她，这个 23 岁的女子。我觉得她从来没有那么漂亮过，在月光下，她像夜玫瑰一样。也许，那是最终结束了磨难，终于放松下来才有的安宁的美丽吧。

我没有流泪，一滴都没有。

你走过非洲很多地方。你说黑人天性是快乐的，是唱着的，跳着的。可是，当这一切结束的时候，你注意过吗？他们是麻木的茫然。

我再度成了孤儿，真正的孤儿。

第二天，我离开了那里。我一路流浪着，到了基加利，这个谁也不认识我的地方。

8

lovers on the road

我也曾想要这机会。但是，今天，我知道，纵然再有千百次机会，结局总归还是一样的。在这伦敦八月的平淡午后，我清楚地看到了这点。虽然我也那么清楚地看到了我们之间的爱情，曾经的爱情。

我们都 19 岁，是彼此最初的爱情。

那么多年都过去了。

北伦敦之夜

1

排队入境。

慢慢拿起那些小卡片、小册子无聊地翻看，都是些伦敦的旅游资料。一个人面对这陌生的城市，必须有这种准备。

其实，早已习惯了一个人到处游走，自由、新奇、隐隐的孤独。只是，只是，因他而对伦敦生就的向往和温暖，潮起潮落，总有些怅然。

他的面孔没有出现。也不能说他就不来，时间尚早。

他说过，却没有做到的，太多。想来总有些心悸，即便是在八年后。

“9·11”之后，来英国旅游的人骤减。这时候去英国不安全，大家都这么劝，但还是来了。

他的面孔在人流中闪现而出，帅气、年轻。无心的人总年轻。不论外表，还是性格，他是真正的酷。只是，我年轻的时候，我们相爱的时候，还不时兴说“酷”。

遥想过无数次相遇的情景，现实总在想象之外。我们静静地笑着，看着彼此。我们轻轻地拥抱，朋友式的，洋人式的。

他的肩膀风似的，不能依靠。八年前，我看到了这点，离开了他。半年后，他离开了中国。

想他的时候，泪水也曾不自主地滑落，只是此时没有。也许还在奔涌而来的路上？也许。

等行李。半天没见，有些紧张。我轻易不托运行李。

我去东京的时候，行李丢了。也不曾真正地丢，我离开东京的那天，行李来了。行李旅行的经历一定很精彩，只是行李不肯说。

要是这次行李丢了，我会住到他那里吗？我们的生疏日日夜夜，八年了。生疏，也许从不曾熟悉。

“你的行李，”他说。他还是犹豫了一下，又说了“好像”。

“真是。你怎么看出来的？”

“你总是与众不同嘛。你的行李也一样。”

过了两条小马路，我们把行李车推到停车场，他的车旁。他蓝色的宝马车。

“我预定了旅馆，海德公园附近的 Rose Court。”

“呵。”他说。

“离你那里远吗？”

“不近，我住在伦敦北部。”

小红别墅一座座闪过。有些密挨，却很洁净。小院子，清新的花。

伦敦是寸土寸金，小小的旅馆，一晚上要 80 个英镑。伦敦，世界上消费最高的城市；他，我认识的人中最能花钱的一个。

“你这几天忙不忙？你要忙就忙你的。我拿着地图，就可以一个人旅行。”

我开始为他着想的时候，不是懂事了，是因为客气了，不爱他了。

他沉吟了一下说：“你累吗？不累的话，我现在就带你出去转转。”

我说不累。

我们就出发。

“你最想去哪儿？大本钟？大英博物馆？伦敦塔？”

我假装想了一下说：“最想去看看北伦敦。”

2

多年前，在国内，他是属于一群朋友的。多年后，到了伦敦，还是如此。坐在悦宾楼吃饭时我想。悦宾楼是高街上的一家中餐馆，他经常光顾的地方。

几个菜都有淡淡的臭味，只是椒盐墨鱼仔还好些。

他们热烈地说话。我淡淡地应付。

墙上装饰着横排的盘子，一组四个。我借着去洗手间的机会过去看了，上面是梅兰竹菊。

我认识一个开饭店的老板娘，她的餐厅里也张挂着梅兰竹菊。只是她不知道它们是梅兰竹菊，她叫它们春夏秋冬。把梅兰竹菊叫春夏秋冬的这个老板娘生活得简单、快乐。

吃完饭将近 10 点了。带你去看看伦敦的酒吧，他说。

我说行。

我总是忘记“你”不只包括我。他，我，一起吃饭的几个人在 ‘oneill’s 门前停下。‘oneill’s 的门朝外一面是蓝色的，朝里的一面是红色的，像我穿过的一件风衣。那是件两面穿的风衣，等我想起穿另一面时，发现上面有个巨大的口子。巨大的 L，在后背上。我买东西从来不挑，我相信一见钟情。他就是我一见钟情钟情来的。

他们几个要了吉尼斯，苦啤，浮着白沫。他给我要了淡啤酒。

墙上的装饰画，壁上的灯。人，有围在栅栏里的，有坐在高高的椅子上的。门口，一群人围坐着。酒吧右边的墙上写着：‘oneill’s，爱尔兰精神。

他一杯杯地喝。认识我前，他是不喝酒的。我们改变了彼此，却没有互相得到。

出酒吧时已经 12 点了。他们要我留下，说有住的地方。我坚持要走。他想了下，说开车送我。我坚持要自己坐地铁。他坚持送我。我坚持一个人走。

我们之间的曾经消失了，他看到了。在我这么坚持的时候，我也看到了。

他们终于退了，他一个人送我去地铁。

“怎么没有收票的？”我问。

“这里就从来没有收票的。这里是郊区。”

Woodside park 站，露天的，更像是个火车站。

“Woodside 公园。真有这个公园吗？”

“是啊，我经常去。”

“为什么这个是 waiting room，那个是 Women waiting room 呢？”

“不知道。可能是专给妇女儿童的吧。”

问得越多，离我想说的话就越远。大学时我们不在一个城市，我们经常去看对方。我们看对方，从来不看对方城市的风景，不问其他。

空荡荡的车晃悠悠地来了。我们说再见。

我的对面，坐着一对中国恋人。我的斜对面，坐着个英国男人。他把可乐罐放在脚上滚。他把可乐罐向我们这边扔过来。我吓了一跳。他自己跑过来接住了它。他站起来，行走，敬礼，狠狠地跺脚。我和那中国女孩互相望了一眼。她和那英国男人间，有她的男朋友。我和那英国男人间，什么也没有。英国男人站着，抛扔可乐罐。我坚持了两站。车门又开时，我跑去了下个车厢。

在 Paddington 站出来。白天的时候，他指给我这个站。但现在，我完全不辨南北。

你一个人行吗？他是这么问的。

我都是一个人旅行啊。我是这么说的。

走了一阵，我开始问路。

几个小伙子停下。他们也不知道 Rose Court。

我说在海德公园附近。他们说海德公园大着呢。

有一边是伦敦街，那边也不是什么来着。

他们就分析，然后指给我。

我快走。我看到了 Rose garden，我知道这离我住的地方不远，但我还是不辨方向。我打了出租，英国的老爷车。两分钟的路，花了 2.4 英镑。就在这附近了，可我还是找不到。那个孤身走世界的人，真的是我吗？在这夜里，我怀疑起来。爱情使人昏惑。

我问。

一个年轻女孩，停下。她的大狗嗅住我，小狗还在她脚下。

她带我找到 Rose Court 的门，带着两条狗离开。温暖的伦敦人。

3

第二天，一个平淡的时刻，他的电话过来。

"谢谢你昨晚的款待。"我有些平淡地说。

他什么也没有说。过了有三秒钟，他轻轻地唤："小蓝 EST。"

那是我的名字。他给我的名字，我曾经那么喜欢的名字，多年来我几乎已经忘却的名字。

"如果再有机会，我不会让自己失去你的。"多年前他说。

我也曾想要这机会。但是，今天，我知道，纵然再有千百次机会，结局总归还是一样的。在这伦敦 8 月的平淡午后，我清楚地看到了这点。虽然我也那么清楚地看到了我们之间的爱情，曾经的爱情。

我们都 19 岁，是彼此最初的爱情。

那么多年都过去了。

9

lovers on the road

他的生命之火，在他离开后，为她继续燃烧。

五月到荷兰看花田

你到 Lisse 看过郁金香花田吗？

从 2002 年开始环球旅行至今，感觉世界各地的人们对中国感兴趣、关注的越来越多。不论走到哪里，都能碰到用汉语热情招呼“你好”的人们。不过一个小镇的小娃娃，认识我手上的中国结，还是少见。少见的还有，他接下来竟然跟我说：“你能把这个送给我吗？”我为这孩子的稚拙打动了，说好啊。不想，礼尚往来，他从口袋里掏出个洋葱送给我。

我之所以以为是洋葱，一是我遇到过孩子送我橘子的，二是我这人太感性，很多时候还不能好好辨认，便得出结论。我说“谢谢你的洋葱”。我说完这话，孩子的父母全笑了，而孩子一本正经地告诉我：“这不是洋葱，这是郁金香的球茎。郁金香你知道吗？”我说当然知道。孩子说：“现在是秋天，正是将郁金香球茎埋入地下的好时节；来年春天，你就可以看到漂亮的花了。”我说谢谢。孩子接着问我：“你到 Lisse 看过郁金香花田吗？”我说没有。孩子说：“那你不算到过荷兰。”我有些尴尬，孩子又认真地说：“那你明年 5 月来吧。你从此不会忘记那个地方的。”我惊讶一个六岁的孩子怎么会知道得这么多。孩子的父亲说：“每年秋天，他都要亲自把郁金香球茎埋到花园里。”我说：“是不是每个荷兰人，都爱郁金香啊。”孩子的母亲说：“那当然。”

从那个小镇阿尔克马尔开始，我发现荷兰人真是喜欢花，喜欢郁金香。花店很多，每个花店都能看到大堆的郁金香球茎。荷兰人的庭院，五彩缤纷；即使住公寓，他们的窗台也要用鲜花装扮。我也开始了解到，荷兰人用于鲜花上的消费，每人每年要 60 美元。国内有将近 2 万公顷的土地种植球茎花卉，其中一半是郁金香。这个鲜花之国，每年要出口 2 兆多颗球茎到国外。而那个可爱小男孩说的 Lisse 花田也开始成为我的一个梦想。第二年五月我在非洲有事，隔了一年，我终于来到这梦想地。

五月的 Lisse，梦幻一般。从海牙过去，春天的草地，草地上的花奶牛开始渐渐少了，郁金香花田开始进入视野。郁金香更浓烈，花田更铺展、更壮观时，Lisse 到了。各色的郁金香，亭亭玉立，绵延几十公里。那惊喜，那震撼，无法形容。

花田里有花农。远看，他们就像一个个小黑点。也有房屋掩映于花田中，你会感慨，谁有幸住在这世外桃源般的地方？

有开车旅行的人们，不时下车驻足欣赏。也有青年，骑着单车，穿行在花海中。那惬意，那浪漫，那飞扬的美好青春。

单车骑行的起点和终点一般是库肯霍夫公园。这个每年只开放两个月的公园，被誉为世界上最美丽的春季公园，也是全世界最大的露天花卉展览场。每年春天，700 多万朵鲜花盛放在 32 公顷的公园里。那呈杯状的乡村郁金香；那呈铃形，花多而小的睡莲郁金香；那花冠似百合花的百合郁金香；那有紫褐色条纹的格里吉群；那有锯状花边的鹦鹉群；克鲁西郁金香、尖瓣郁金香、迟花郁金香……

突然想起大仲马的黑郁金香。那“艳丽得叫人睁不开眼睛，完美得让人透不过气来”的郁金香真的是黑色的吗？不，“夜皇后”、“黛颜寡妇”、“绝代佳丽”、“黑人皇后”都不是黑色的，而是紫色。把世间没有的，想象成最美好的，世人大抵如此吧。不过，现在，据说真正黑色的郁金香要开始问世了。

占地 32 公顷的公园，有长达 14 公里的步行道。有一处风车，登上之后，可以看到四周绵延的花田。也有水岸，蓝天投影在清澈的水中，天鹅悠游其上，岸边的郁金香也就更显得灵动、美妙，让人想起那首钢琴曲《水边的阿狄丽娜》。郁金香的传说，还真和少女有关：有三个青年，同时爱上了一个少女。他们一个送少女象征权势的王冠，一个送象征勇气的宝剑，另一个则干脆送金子。少女对谁都不是特别满意，于是向花神祈求。花神理解少女的心，便把皇冠变成鲜花，宝剑变成绿叶，金子变球茎，这样合起来便成一朵郁金香了。这是荷兰关于郁金香的传说。其实，郁金香并不是荷兰的原产，它是从土耳其过来的。郁金香的生物学名是 Tulipa，来自土耳其语 TUber1d，含义还和少女有关：郁金香像包着头巾的穆斯林少女一样美丽。16 世纪，驻土耳其的奥地利人，把郁金香带到荷兰，从此风靡欧洲。荷兰人把郁金香当作黄金，以拥有这种花的多少作为自己财富的象征。疯狂时曾有人用带庭院的别墅，换一个稀有品种。

荷兰的郁金香是从土耳其传来的，这很多人都知道。可是，你知道吗？郁金香的真正故乡，不是土耳其，不是多花的南美、澳洲，而是我国青藏高原，两千多年前它被传到中亚细亚。

郁金香是土耳其的国花，也是匈牙利、伊朗、新西兰的国花，但它在哪里也不如在荷兰开得繁盛，多姿。荷兰是真正的“郁金香王国”。荷兰每年大约培育郁金香球茎 30 亿个。这是什么概念？如果把它们排列起来，能把赤道绕七圈。

1593 年，植物学家克鲁斯尝试将土耳其引进的郁金香种植在荷兰的沙土地上。而这块位于莱登和哈勒姆之间的实验花田，开始成为荷兰著名的球茎花田区。一群 Lisse 的花农希望创造一个开放空间式的花卉展览场地，于是 1949 年库肯霍夫公园成立了。

公园原是雅各布伯爵夫人的所在地，霍夫（HOF）意为城堡中的庭院，用于打猎和种植蔬菜及草药，库肯（KEUKEN）意为厨房。

因你的注视而幸福

公园里的郁金香品种实在是太多了，我边看边惊奇。当我看到一枝花葶上开了那么多缤纷蓝花时，我不禁感慨万分地对身边一个陌生的女孩说：“郁金香还有这样的？！”

“这不是郁金香，是 Hyacinth。”她说。

“Hyacinth？”

她给我解释了好久，我还是不清楚 Hyacinth 是何物。这时一个来自台湾的男人忍不住过来告诉我：“Hyacinth 是风信子。”

这就是风信子？风信子竟然如此漂亮？风信子，传播风的讯息，我还以为是原野上类似蒲公英的野花呢。

“我们国家的人都喜欢风信子，她是新娘的捧花或饰花。”女孩说，并开始给我介绍风信子。早花种的玛丽、粉珍珠，中花种的德比夫人，晚花种的蓝衣、软糖。这都是常见的，除此还有桑红玫瑰、红色魔卡……

“你怎么知道得这么多？”我惊讶一个 20 岁的女孩会对一种花有如此深的了解。

姑娘淡然地笑了笑，开始给我讲她的故事。她来自英格兰的一个小镇。她 12 岁时，班上一个男孩有天送了幅画给她。画上是白色的风信子，清新温柔。她很喜欢，道过谢，便收下了。从此，这个男孩经常送画给她。她并不喜欢这个脸上有雀斑的男孩，但是，她喜欢他的画。他不画别的，他就画风信子，白色的，粉色的，黄色的，红色的，蓝色的。那是恬然、纯净的世界，清新美好。遇到不开心的事，她一看这些画，便把所有的烦愁抛到脑后去了。

后来男孩离开了这里，随家人搬到别的小镇去了。他却还是给她画画，寄来。

她开始谈恋爱了，没有时间，更从不回男孩的信。虽然他的信中只有画，没有别的一个字。他却是一如既往。他有那么多美丽的风信子，花园中的，花瓶里的，海边的。它们摇曳多姿，始终是甜美、轻柔，令人喜悦的。

热情过后，姑娘的男朋友开始淡然，对她的事情不上心。她

18 岁的生日，他都忘记了。那天，她和他在一起，但她始终没提一句。在伤心地回到家门口时，姑娘惊喜地看到一束风信子，在她的窗台上。她以为是男朋友送她的惊喜。但他残忍地说出真相："下午我来找你时，远远地看到一个小伙子放在这里的。"她知道了送花的是谁。

一年后，她的男朋友离开了她。她开始想那个男孩的风信子。她也学着画。她画了紫色的风信子，给他寄去。没有回音。她突然发现，他已经好久不再寄画给她了。七年了，他厌倦了吧？或许，她 18 岁生日那天，他亲眼目睹了她和男友的亲热，因而清醒了？她想知道答案，她按地址找去。

他不在，他已经去世半年了。他妈妈把一封信交给她。那信里还是没有一个字，那是一幅黄色的风信子。

她开始狂爱风信子，每年春天，她都要来荷兰的库肯霍夫公园看它们。"荷兰是风信子的主要生产地，在 18 世纪风信子的栽种便非常流行，在当时有纪录的品种已经超过两千以上。"

她也知道了各色风信子的花语。她知道了他为何唯独不画紫色的风信子，那代表妒忌和忧伤。那不是他的感情。

她知道那最后一幅，黄色风信子的花语是我很幸福。他从来没有向她表白过一个字，但她觉得他说的她全明白。他的爱不图回报，而且，因为能够爱她，他觉得非常幸福。她也因他一直默默的关注，顿觉人生的幸福。

"有的爱，马上就会被你意识到；有的爱，却包裹在时间中。"

他的生命之火，在他离开后，为她继续燃烧。她虽也有伤感，更多的却是感激。虽然时间有点叉开，但她感觉自己和他同享了人生。那 12 岁到 19 岁，她心底清新的喜悦……

风信子，在我眼里更加摇曳多姿起来。在高高的古树下，在高远蓝天，春天的和风中。在荷兰，在英格兰……

10

lovers on the road

月光下，他看见了她的面容。年轻，姣好，他永远无法忘怀的面容。

桑吉巴尔，石头城中再迷醉

“我喜欢燕子鱼、牛舌头鱼、巴鱼。”我说，回忆这印度洋里的美味。

“我喜欢辫子鱼、梭子鱼、海鲫鱼、鲁鱼。”艾米利说，“等吃完这些，再来一大碗鱼肉面条，嘿嘿，人生何求？”

“是啊，桑给巴尔的这些鱼，我从前都没有见过。”我说，望着眼前的碧波，“我还喜欢在‘大树’那里，吃 Mishikaki 羊肉串。”

“在小溪路，早上，可以喝到烫烫的 uji 麦片粥。肉片，鸡，鱼，蔬菜，还有 supu。”艾米利说，“如果你还是喜欢中餐，在阿奇佩拉果餐厅南边，隔条 Forodhani 街，有 China plate。在非洲大酒店的东边，也有中餐馆。”

别看这个英国女孩艾米利才 18 岁，在我这个旅行的老游击队面前，一点也不逊色。边边角角的地方，她都能给你找出来。

我们又交流了一会儿，达成一致：不仅石头城，桑给巴尔最好的露天美食之地，是海边的 Forodhani 花园。日落之后，迷蒙微光，各色食物，让五星级酒店也自愧不如。这也是石头城最便宜的地方，花几千先令（1000 先令折合人民币 6 元），就能吃得饱饱的。小摊贩上来叫你“朋友”，也说“特别的价格”，但这也不是一口价。每天晚上，baba lisha（feeding men）们支起桌子，点上炭火炉（jikos）、煤气炉、家庭做的 kibatari 油灯，开始准备食物。早上从印度洋捞来的海鲜，现在烧烤在你面前，用当地的香料。用家制红辣椒（pilipili hoho）做沙司的羊肉喷喷香、也有罗望子做沙司的。这也是品尝桑给巴尔比萨（mantabali，煎饼里塞满蔬菜和鸡蛋）的好地方。春卷、Spice naan 面包、油炸圈饼、烤木薯（muhogo）、炸土豆，蔬菜或肉丸子（katlesi 或 kachori），各种好吃的小东西说也说不完。还有烤的香蕉，上面放着融化的巧克力……

饮品也有多种，除了常见的新鲜果汁，还有甘蔗汁、椰奶、土耳其咖啡、微辣的 zamzam 茶。

“如果在新年，你会欣喜地碰到气味扑鼻的现榨罗望子汁（mkwaju）。”艾米利自然比我清楚，因为她在这里已经停留了半年多。

不远万里来到这里，我们都是为了一个梦。在我，桑给巴尔因为广种丁香，被誉为世界上最香的岛；因为绿松石色海水、白沙滩，被誉为世界上最美的海岛之一，号称世界十大蜜月度假岛屿；美国的《旅游》杂志评其为东非三大必到目的地之一；中国明朝郑和船队曾来过这里；这里在世界史上有着极其重要的历史地位；这里的石头城是世界文化遗产。我的理由太多了，而艾米利来的理由只有简单的一个：她来找一个人。25 年前，她父亲比现在的她大一些时，只身来到桑给巴尔旅行。一个月明之夜，他在石头城的海边散步。明月下的大海实在美妙，他身不由己，走进去，徜徉其中。也许是白天玩得太累，没多久，他感觉没劲了，身体开始下沉。他大声呼叫。他被人救上来。见他没事，那人慌忙走了。那是个穿阿拉伯长袍的女子，本来也蒙面，但因为救他的过程中面巾掉了吧，月光下，他看见了她的面容。年轻，姣好，他永远无法忘怀的面容。然而第二天，他满街寻找时，却找不到了，因为街上太多蒙面女子。他在这石头城找了两个月，不果。他回到英国。五年后，他和一个姑娘结婚了，但是，他永远也忘不了那月光下的面容。时光荏苒，他也到了中年。他不用在回忆中追想了，去年，他因癌症离开了人世。去世前，他告诉了艾米利这个秘密。妈妈又嫁人了，艾米利休学一年，来这里，寻找父亲的曾经。

虽然艾米利同样没有找到那个当年的女子，但她对这里，是了如指掌了。

桑给巴尔位于东非，印度洋上，由温古贾岛、奔巴岛及附近小岛组成。最早来到这片土地的是班图人，公元前1000年开始，他们陆续从西非迁移来此。公元1000年，阿拉伯商人也来了。阿拉伯人叫黑人Zinj，叫这个地方Zanzibar（桑给巴尔），意为：黑人海岸。印度商人也过来了。大海航时代来临，1503年，葡萄牙殖民者占领了这里。200年后，阿曼苏丹率领的阿拉伯士兵又攻上该岛，赶跑了葡萄牙人。对比他们狂风漫卷黄沙飞扬的故土，阿拉伯人觉得这里简直是天堂，阿曼苏丹索性把首都也迁移过来。就像遥远的中国，满族人“入关”一样，后来的殖民者没有烧杀抢掠，而是和当地人通婚。他们也把那么迥异的伊斯兰教带到了这里。

第一个移都这里的伊斯兰君主是赛义德·本·苏丹，他从印度洋上的岛国留尼汪岛上移植了大量丁香树过来。还有硬性规定，“每种一棵椰子树，必须种植三棵丁香树，否则处以重罚”。如此这般，桑给巴尔变成了丁香岛，世界最香的岛；也成了东非沿岸重要贸易口岸。

原来我以为是西方人最早开始奴隶贸易的，其实是阿拉伯人，在石头城北的 Mangnpawni，这地名本身的意思就是“岸上有阿拉伯人”。位于桑给巴尔城北大约两公里，也有马卢呼比奴隶洞。桑给巴尔因其特殊的地理位置，也成了奴隶贸易最重要的交易市场和中转站。1500 年起，欧洲殖民者也效仿阿拉伯人，开始了贩卖黑奴的勾当。自 19 世纪起，以英国为首的欧洲国家开始禁止贩卖黑奴，而那时的英国人也已经占领了桑给巴尔。1884 年，德国又从英国人手中夺取了桑给巴尔。这纷繁的历史，不仅能从当地语言斯瓦希里语里看出渊源牵扯，也能从这里的建筑上一眼可见。葡萄牙军队抵抗阿拉伯入侵的军事城堡如今巍然屹立；桑给巴尔高等法院是葡萄牙和阿拉伯风格的完美结合；英国人建立的基督教堂；由英国人俱乐部发展来的非洲大饭店；印度神庙；清真寺……这些建筑都在石头城，温古贾岛的西部，桑给巴尔的经济文化中心。这个非洲、阿拉伯、印度和欧洲各种不同文化相汇集融合、和谐发展的千年古城，现在是世界文化遗产，也是东非地区斯瓦希里人建造的诸多海滨商业城市中的杰出范例。

在 Gulioni 街人工湖旁，是个现代化的清真寺，名字叫蓝色清真寺。其他大大小小的，据说共有 54 座。还有两座基督教堂，一个印度寺庙。而这里的建筑，更是融合了阿拉伯、非洲、印度风格于一体。房屋一般用栲树做支柱，墙壁则用珊瑚岩和石灰浆垒。珊瑚岩多孔，排水透气性能极佳，是热带雨林气候里最好的建筑材料，但是很容易腐蚀，所以遗址建筑很多都经过了翻修，而普通建筑则显得破旧。刷成红色或白色的屋顶一般由铁皮盖成，这是东非传统。建筑中最有特色、令人过目不忘的是神气、宽大、精雕细刻的大门。虽然阿拉伯人普遍重视门，但这里的门，精致细腻到令人费解的地步。它们是用波罗蜜树或柚木所制成，门上有繁复的花纹，有四到五排的粗大铜制门钉。几乎所有的门钉都是尖头的，这是怕大象深夜来顶门，这做法来自印度。很多门的外圈都要刻上一条链子，这是消灾祈福的。门楣上刻着主人的名字，门上的图案，则是主人各自的喜好。据说，这些房子是当年靠香料发财的阿拉伯人商人所建，为了显示自己的财富，互相攀比，极尽奢华。在石头城，高大的木门林林总总，却绝对找不到一样的。这些古老的大门，已经受政府保护。它们的模型，是送给最尊贵客人的最好礼物。

现在，它们老旧在时光中，于斑斑驳驳中，诉说着曾有过的荣光。臭名昭著的奴隶贩子提普（tippu）曾经的家，如今也墙皮剥落。白色的纱帘被掀起一角，一个穆斯林女孩的脸露出来。和北非阿拉伯人的热情，和黑非洲人的奔放都不同，这里的人很沉默，不与游客搭讪，更不喜欢被人拍照。当然他们也不会骂人，常常是马上转身或转头。也有中年以上的男人，对你的相机严肃地摆手。今天，同为女子的我，都不敢贸然上前和蒙面女说话。那 25 年前？我想艾米利的父亲，虽然是在寻找，但也就是兜兜转转，而绝不敢上前和一个蒙面女搭话。

艾米利比她父亲聪明，来这里不久，她认识了当地黑小伙凯西。为了“掩人耳目”，这个造船的小伙子假装是她的业余导游。我们一起在阿奇佩拉果餐厅吃饭的这天，这个小伙子现身了。餐厅在 Forodhani 花园左边，物美价廉，是当地人最喜欢的。桑给巴尔 pweza，用西红柿、椰子做沙司的柔软章鱼是我点的。辛辣的 Pilau 鸡是凯西喜欢的。用香蕉和一种车前草做沙司的无鳔石首鱼则合艾米利口味。“这鱼，我有时也用点辣椒、芒果做沙司的。”用柠檬做的文火炖肉，用椰子汁做沙司的蔬菜，也都是她喜欢的。他们没事也来这里喝咖啡。天空浩蓝，不远处的印度洋闪着迷人的色彩。右边的 Forodhani 花园也很美，船、凤凰树，闲坐的黑人。

“从海上看石头城，真是漂亮。”艾米利说，“尤其坐在一条属于自己的船上。”

这里的港口、海面，常常停着很多船：客轮，货船，游艇，帆船，但我听说有条船属于她，还是吃了一惊。原来，是那种主体用芒果树，两侧用西里西里木做的嘎拉瓦小船。不过有条刻着自己名字，尤其是心爱的人为你亲手做的船，那是何等幸福。谈着谈着，我发现，嘿，这两人原来在恋爱！做这样的一条小船要 800 美元。凯西没有这么多钱，很多是朝哥哥借的。哥哥从非洲大陆过来，凯西常常带他去喝酒。穆斯林没有什么夜生活，不喝酒。但随着旅游者的增多，酒吧和俱乐部也开始在这里出现了。在穆斯林的城市，在酒吧，倒也不会那么尽兴，因为警察有时会在半夜来打断。碰到这样的情况，就赶紧走。凯西带哥哥常去的是 Kwa Kimti 和 Sai 酒吧。要打车过去，而且，小酒馆也一般，但那是给来自坦桑大陆的人喝酒的地方。

面向普通游客的酒吧有非洲大饭店、Komba Discotheque、Tembo house hotel、New happy club 2000、Starehe club 和 Mercury's。非洲大饭店的日落酒吧是很多人喜欢的。坐在那里，看夕阳慢慢沉落在印度洋里，你的心也是一阵沉静。在“大树”北边的海滩上，那个叫 Mercury's 的餐厅，则是纪念 Freddie Mercury 的。这个后来葬在伦敦的 Mercury，本名是 Farouk Bulsara，他生于桑给巴尔，后来去英国，成了皇后乐队的主唱。20 世纪七八十年代，他辉煌一时。想听桑给巴尔的音乐，可以去 Mercury's、Starheche club 和 Sweet easy 餐厅。如果想买这些音乐，可以去“老顾客之家”。我在它顶层的“帆船乡村音乐研究院”，听到了 Mercury's 的歌。当“我生来就是为了爱你”的旋律响起时，我想起了艾米利。她不远万里而来，是为了寻找父亲的曾经，也是为了她和凯西的这段缘分。在这里，游客可以参观，买 CD，也可以学习舞蹈、小提琴、筝、鼓等。45 分钟的课，要 5 美元。

桑给巴尔有“帆船乡村音乐研究院”，帆船皇宫酒店，帆船海港。为什么呀？一问凯西才知道，这里是这种三角独桅帆船的故乡。

在马拉维路的西头，夜间游海是当地一项娱乐。我和艾米利，也坐过“艾米利号”夜览印度洋风光。我追想起美国三十年代爵士音乐的代表性歌手平·克劳斯贝所演的《桑给巴尔之路》，杰恩·沃尔夫的小说《在桑给巴尔数猫》，想得更多的则是艾米利父亲、他神秘的月光女郎。

最当地化的消磨，是咖啡 barazas（长椅子）。男人们在石头台上坐成一排。周围是芳香的现烤咖啡豆。20~50 个坦桑尼亚先令，一小杯浓香咖啡。最生动的咖啡 barazas 是在 sokomuhogo 广场。在这广场的一角，Cathedral 和 Baghani 街交汇之地，人们叫它闲谈之角。它源自一度在电视上播放的电影。

男人聚在一起喝咖啡，花一点钱，消磨很久的时间，是阿拉伯的传统。席地而坐则是黑非洲的风俗。

有阿拉伯人的地方自然离不开商业，阿拉伯人喜欢做生意。据说是安拉赞同此道。

石头城有百余家商店，出售阿拉伯、印度古董，当地特产。你可以先问一家价格，然后和其他的店砍价。珠宝、银制品、带黄铜搭扣的桑给巴尔木头柜子、皮带、指甲花、熏香、精油、肥皂、席子垫子篮子等棕榈树叶制品……桑给巴尔这个香料园自然盛产香料，这个可以去种植园买。

如你喜欢民族服饰，还可以买当地妇女穿的 kangas。一对 kangas 叫 doti，一个穿身上，一个蒙头包肩。这是非洲的穿法。

工艺品店最集中的地方是 Gizenga 街，一直延续到 Changa bazaar，Hurumzi 街。Changa bazaar 是绘指甲画文身（常常是手或脚）的好去处，也是制作柜子的好地方。Changa bazaar 东边的 Kiponda 街，是古董店和银制品店。如要买珠宝，就去 Tharia 和它接下来的 Mkunazini 街。Gizenga 街也热闹。上述地方，从 Ngome Kongwe（Omani 堡垒）向东，或从国家博物馆（神奇之屋）向南可以到达。

阿拉伯市场叫巴扎（bazzar），也叫苏克（souk）。最有市井气息的，非建于 1904 年的中央大市场莫属。大市场在石头城边上，小溪路的中途。早上 9 点，喧闹的市集开始。肉类，鱼，主食，青菜，草药，香料，无一不有。热带水果很有特色，除了香蕉、木瓜、芒果、波罗蜜，也有爱情果等。很多五个一堆，他们叫 fumba。

如果夜晚来这里，要注意，一些没有路灯的黑暗角落，是泽鳄的天地。非洲的原始和神秘，还是可见一斑的。

如你喜欢历史，就去看建于 1828 年的宫廷博物馆。可以眺望海天一色的美景，也可在宫内的起居室、餐厅、办公室间，追想阿曼苏丹统治时期的风貌。赛义德苏丹的女儿萨尔玫曾在此居住。在她的房间，望着墙上她一家人的照片，艾米利的父亲还想过：她是不是那个救自己的蒙面女子？自然不是。那要早出很多很多年去。有的故事美而神秘，就快要成为传说了。在桑给巴尔的书店，当我拿起萨尔玫所写的《阿拉伯公主回忆录》，我想起艾米利的父亲。“我父亲说过，萨尔玫是第一位著书的王室女性，她之前，桑给巴尔王室的女人是不读书写字的，除了读古兰经。

正是这样一个与众不同的女人，才能在夜晚出来吧。”哪个时代，没有特立独行的女人，即便在阿拉伯世界里？

宫廷博物馆西边不远处是神奇之屋。16 世纪它属于桑给巴尔女王法杜玛。1883 年，巴哈希苏丹在原址上重建。之所以被称为神奇屋，因为它是石头城第一幢有电灯、东非第一幢有电梯的建筑。在东非，桑给巴尔第一个接受和采纳新技术和新的贸易概念。桑给巴尔港在 1881 年就进行了现代化改造，第一个为航行的船只安装了航灯。1864 年桑给巴尔建立了蒸汽糖厂。1869 年，桑给巴尔与海外建立了邮政服务业务。1879 年开始，桑给巴尔有了与亚丁、莫桑比克和迪拜的电报联系。到 19 世纪末，桑给巴尔已经有了自来水和电。

1977 年，神奇之屋成为坦桑尼亚革命党的党校和博物馆。这个白色建筑，是整个桑给巴尔岛最大的。从奴隶岛归来那天，我第一眼看到的岸边建筑，就是它。

对于喜欢旅行的人来说，大卫·利文斯顿的名字如雷贯耳，他的旧居是一栋位于 Gulioni 路上的三层建筑，现在属于桑给巴尔旅行管理局。大卫·利文斯顿是英国著名的旅行家，博士，传教士，曾于 1865~1866 年间在此住过，当时是为寻找尼罗河的源头做准备。我在乌干达的尼罗河源头，在津巴布韦的大瀑布前，无数次想起他的故事。1873 年，在赞比亚，他走完了自己辉煌的一生。他的遗体先被运到桑给巴尔，他的药箱现在放在国家博物馆。

探险家斯皮克、伯顿、戈兰特、克特都曾住过这里。这些自由、勇敢的心灵，时至今日，仍给我们内心的激荡。

从利文斯顿的旧居向右拐，沿着宽阔的双车道，进入更破旧、人口稠密的Ng ‘ambo，它的名字人让你想起石头城还是半岛时。填海造城，石头城建立，贫穷的人们——大多是黑人——被迫从主岛逃离，Ng ‘ambo 的意思就是“另外一边”。

你也可以从小溪路沿着 Karume 路去 Ng ‘ambo。

位于城东的小溪路，原来是一条咸水小溪。1838 年，第一座桥建在小溪之上。这第一座桥叫 Darajani，所以小溪路也被人叫做 Darajani 路。小溪路把石头城同它东部的 N ‘gambo 区分开，那里更有非洲的意味。1905 年，英国人开垦小溪路的最南端，把它变成英国人的运动场。现在，在这片宽阔的绿地已经是市政土地，以 Mnazi Mmoja 闻名。当年被抛弃的板球帐篷还在那里，运动场的东南角，每年斋月结束后，这里是成千穆斯林庆祝节日的地方。小溪路的南端是 Beit al-amani（house of place）。这里的展品都送到国家博物馆，但散步到这里，看看建筑物的外表，还是值得的。

石头城能看的地方还有很多。位于城中部的波斯浴室；地处石头城三角形的顶角位置，英国殖民统治时期英国总督的官邸；离中央市场不远的英国圣公会基督教堂。这座兼有哥特式和阿拉伯建筑风格的教堂，是在世界上最后一个奴隶交易市场的旧址上建起来的。在“大树”的东边，是老药房。这个又叫阿格汗文化中心的地方，是桑给巴尔富贾萨利亚·托潘 1884 年为维多利亚女王 50 大寿而建。“大树”是石头城人喜欢的一个好地方。这株 1911 年 Haroub 苏丹种下的菩提树，今天已经是 vervet 猴子的家。“大树”的浓荫，是帆船制造工最喜欢的地方。

贯穿城市南北的三条街道 Sokomuhogo，Tharia，Mkunazini 没什么纪念品商店，是当地人悠闲生活之地。

石头城建立之初，没有特别的规划，一栋房子挨着一栋建起来，中间的小巷左拐右拐。随着城市扩大，小巷愈发弯曲狭窄。最窄的地方，对面的人不仅可以聊天，甚至可以握手。行之在这曲致幽深的地方，迷路是难免的。不要急，别想太多，接着往前走，顺路而行，你还不知道是怎么回事时，你就已经来到了大路上，或是突然就见了松石绿色的大海，海上的白帆，海滩上女子艳丽的背影。迷失的乐趣，令人心驰神往，堪比在威尼斯。

1964 年，桑人民推翻苏丹王统治后，取消私有制，将住在石头城的很多富人赶走，分配给乡村来的穷人。穷人没钱保养房子，只能任时光粗暴侵袭，石头城开始衰落。20 年后，桑给巴尔实行私有化改革，不少房屋出租给外商建旅馆。像所有追求短期效益的投资者一样，外商建起的水泥房影响了石头城的风格。五年后，私有化改革终止。之后，桑求助于国际组织，希望用资金和专业知识保护这里。

虽然现在这里是旅游胜地了，但并没有太多改变当地人的生活。在石头台阶上就那么一坐的男人，在木头门槛上爬来爬去的小男孩，小巷里的蒙面女子，赤脚的提水女孩……这错综复杂的老街，这阳光撒在上面的奢华旧门，这悠然而行的猫，这街巷的阿拉伯咖啡和豆蔻的味道，让人依稀回到过去的时光。艾米利的父亲谜一样的经历，正如这曲折有致的街巷。如今，它们都隐没在印度洋的这片白沙滩后。

我离开后不久，艾米利也准备离开了。今年之后，她准备去考古迹修复专业。之后，她计划来石头城定居。

18 岁定下的情，会永远吗？世事的神妙又将如何写下她和凯西的最终结局？我只有送上祝福。

11

lovers on the road

黎巴嫩女子基本不嫁外族，他都知道。可这女孩慢慢同意了他的约会，接受了他的礼物。她的家也开始接受他礼物时，他以为爱情终于战胜了世俗。

芒，雨夜狂奔去金矿

雨夜惊雷

黑人说 9 点到，你等到十一二点再正常不过。可我都等 24 小时了，第二天 9 点，还没有任何出发的迹象。我又不能直接催黑人，我就催潇潇。

“姐姐，”潇潇说，“这是非洲，你得尊重黑人的习惯，他们性子慢。你放心吧，今天准走成。”

潇潇刚毕业不久，是一家中资机构总经理的助理。她能力强，活泼可爱，又从不歧视黑人，深得合作伙伴索德蜜上上下下的喜欢。索德蜜，科特迪瓦国有矿业公司。

潇潇如此说，我心里还有些底儿，遂把走廊的矿物标本又研究两遍。十点半，潇潇上楼来说：“已经开始装车了”。

我闻听大喜，赶紧跑下楼去。果然，三个黑人正往皮卡车上装东西。

“你先去莎莉的办公室坐会儿。”潇潇说。莎莉，索德蜜总经理的秘书。

“不用。我就在这看着。”

“姐姐，”潇潇说，“你还是先去歇会儿吧。没两小时，他们装不完。”

“装这点东西要两小时？”我疑惑，“要不，我帮他们？”

潇潇笑了：“姐姐，这是非洲，你不要总用中国的思维方式。咱十二点半能走就不错了。要不，你先去吃点东西？咱可要晚上六七点才能到。”

我在莎莉的办公室坐了一个多小时。再下楼，东西已装得差不多了。

耐斯都，潇潇的司机远远地走过来。我热情地跟他招呼。潇潇点给他几张西郎后，他跟我们说再见。

“你不是说他也去金矿吗？”我问。

潇潇说：“他坐长途汽车去。刚才给他的就是车费。”

“为什么不和我们一起坐皮卡？”

“因为，”潇潇故意拉长声，“你占了他的位置。”

眼见方方正正的仪器都上了皮卡，被绿色的绳子拦护起来，我这悬了两天的心才算放下。去金矿的机会不多。

绳子一系好，皮卡便会昂扬地发动起来，我以为。可满载的皮卡老老实实待半小时了，还不见动静，原来是某仪器上的某零件还缺着。刚才那慢慢走出去的黑人，去买了。我长出一口气。真想泄气。

潇潇又叫我去吃午饭。虽然已经饿了，但还是摇头拒绝。我去莎莉办公室。下来，又等了半个多小时，皮卡才终于发动起来。皮卡前半截，满坐了五个人。

车刚出阿比让，雨便开始下起来。路上的黑人，不紧不慢地走着。我给大家讲笑话：“下雨了，有个男人慢慢地走在街上。有人感到很奇怪，上前问‘你为什么不跑啊？’他也很奇怪，说‘跑什么啊？前面不也下雨吗？’”

“他说的对呀。”潇潇左边的黑人说。

“有研究说，快跑，淋的雨更多。”我前面，副座上，索德蜜负责金矿的胖经理说。

在一个大市场近旁，皮卡停下来。好多大货车也停在这里。市场上的黑人悠闲地卖着他们的东西。有的货摊用简易的雨布遮着，有的没有。穿湿脏背心的半大孩子，拎着汽油或水桶，抖着雨布或抹布，在卡车间奔忙。买了几块雨布把仪器遮上绑好，胖经理又买了一袋青苹果。车开动后，黑人们把苹果在衣服上擦擦，大嚼起来。

看他们吃，我更饿了，翻出背包中的面包、火腿。他们吃苹果没有让我和潇潇，所以我以为我让他们，他们不会吃的。不想他们全都接受了。

“你给黑人东西，他们就没有不要的。”潇潇说，“索德蜜的总经理，看到我用个漂亮的本子，还朝我要呢。”这个总经理，在欧洲接受最高级的教育，毕业后有一流工作，大把赚钱；到中国，都在所住的五星级酒店买东西。

伸手要，黑人觉得最天经地义。

“你能不能给我点儿钱，我要吃饭。”有天，索德蜜一个黑人跟潇潇说。潇潇给他 2000 郎。

“你能不能给我点儿钱，我要买烟。”有天，这黑人又找到潇潇。潇潇给他 3000 郎。

“你能不能给我 5000 郎，我要买药。”有天，这黑人又跑来，自己把价就开出来了。

这是认识的。基本不认识的，也会来找。

“给我三万块钱。”一个黑人跟潇潇说。

“为什么？”

“我要买手机。”

“你买手机，干吗跟我要？”

“我和谁都要。”

听说潇潇任期将结束，六个黑人和她要手机。其中一个说“你一定要给我。我是第一个第一个第一个和你要的”。

要法千奇百怪。

高尔夫球场有个黑人，总主动给我们洗擦球杆。我和朋友每次去，就都用他。那天，收了小费之后，他突然对我说：“我的房租已经几个月没交了，你能不能给我交？”

到一处中转站，大家下车活动腿脚。见车来了，头顶面包的姑娘，手拿水袋的小孩都飞奔而来。他们稍作犹豫后向我和潇潇围拢。我们摆手，他们也就散开了。守着菜蕉或菠萝的女人，闲站的男人，惊奇地看着我们。

“我想上厕所。”我说，“我知道这里的人都随地解决，但我不能啊。”

潇潇笑了：“公共厕所也不是一个没有。咱找找。”

在微落的雨里，我们东张西望。

“是不是找厕所啊？”一个女孩过来问，“每人 200 郎，我带你们去。”

过马路，踩着几块垫在雨洼地上的砖头，到了一家餐厅的后院。几棵香蕉树旁，卫生间还干净。我们道了谢，把硬币放在芒果树下的一个石头台上。

“我在阿比让见过公共厕所，可收不上来钱。上厕所还交钱？黑人觉得最亏了。”我说。在最繁华的街上，我见过男人掏出那东西就小便。在最繁华的街上，见过赤裸着整个上身的老女人；见过年轻女人，不慌不忙，旁若无人地把散开的裙子重新裹好。却没见过女人怎么解决厕所问题。

“找个没人的地方。”潇潇说，“热带雨林气候，新陈代谢快，上厕所来不及。总不能随处都建厕所吧。”她倒理解黑人。

雨慢慢大起来，把天地笼个严严实实。司机伸手，把欢快的音乐调小声。

清晰无比的闪电，巨猛的银龙般蜿蜒惊现在我们周围。随后，惊雷“喀嚓”“喀嚓”炸响。我真怕皮卡被它拦腰折断。

雨，落在挡风玻璃上，一个大圈一个大圈的。雨刷立刻让它们消失了。

雨狂暴起来，右边的雨刷规矩地把一排又一排的雨柱打过去。左边的雨刷不负责，把那些雨一甩，散落在车窗上。

副驾驶旁边的那扇窗，一柱雨水桥一样斜跨在玻璃上部，上上下下变换形状，像音乐喷泉。

我这边的窗上，雨点不再迟疑地落下，像蚯蚓一样爬行。

前后的车都消失了。

泥土被冲到路上，柏油路上一半是黄汤。

车冲进洼水的地方，像突然生出白色的翅膀。

路上白茫茫，车窗上白茫茫，天上的闪电更是白茫茫。

在已经到来的黄昏里，车冲进洼水更多的地方。不像长翅膀了，像人被兜头一盆水，蒙头蒙脑，半天才醒过神儿来，有时也像被蒙了层塑料布。白色的闪电，惊雷，还在我们左右不停地闪耀，狂暴地炸响。时速只有 20 公里。

一公里也没有了。夜幕笼罩的雨里，车停在两旁都是树木的狭窄柏油路上。可能有急事吧，后面一辆吉普从左边越过我们的皮卡。真是找死。它马上载歪了，左边的两个轮子陷在柏油路旁的泥土里。

“可能出车祸了。”潇潇说，“我们今晚恐怕赶不到芒了。”

司机推门下去。过一会儿回来说：“不是车祸。树倒了好多，把路挡上了。”

“他们也不下去清障？就这么干等着？”见黑人们旁若无事地闲坐，我有些急。

“他们有自己的解决方式。”潇潇说。

暴雨还在下，闪电还在闪，惊雷还在炸。哪个惊雷把我们炸在这里算了，这样，就无须想别的事了。

过了有 20 分钟，几个黑人快速地从我们车子的左边跑过去。又过了半小时，我们的车窗摇下，窗外的黑人伸手接过 1000 郎。

众车又开动起来。很快，前后的车都消失了。我们的车孤独地前行。已经 11 点了，大家疲乏得不再说话。欢快的西非音乐也早把声音藏了起来。雨停了，雾飘出来，一团团的，就在车前车后。更有云一样，贴在车窗上。也许就是云吧。我把窗户摇下，伸手抓了把湿气。突然吹进的寒风使潇潇左边的黑人从梦中冷醒。我赶紧把窗户摇上。

每一处灯火，都使我以为芒到了。结果都不是。我对今晚能到那里基本没有了信心。今晚不会到那里了，已经午夜 12 点半了。

当我不再等待，心里再没有奢望时，皮卡拐过一个小小的转盘，潇潇说："芒到了"。几处灯火在闪，迎接着晚车。皮卡拐上左边的土路。夜半的竹林，星月神秘、可爱地闪动。开了十分钟，皮卡左拐，在一扇铁门前停下。黑人出来，拉开铁门。皮卡开了进去，是基地。

一个瘦高的中国老头远远地迎出来。

"遇上暴雨，树倒了不少，把路堵了。"潇潇解释。

"听说阿比让那边下雨了，这里没下。"老头说，"赶紧进屋吃饭。饿坏了吧？"

潇潇把那老头和我互相介绍。老头是杜总，金矿的总工程师。

进到大厨房，木头本色的长餐桌能容 30 人同时吃饭。虽然我们一再说不很饿，吃点就行，杜总还是把热了几遍的三个菜又热了，又炒饭。怕我们吃得少，索性把饭菜都倒一起，每人巨大一盘。本来我这大盘就难对付，潇潇又把她的一半倒给我。

一个小伙子过来跟我们打招呼，潇潇介绍说这是陈翻。

“你们住这里好了，有的是地方。”吃过饭，杜总说。

“不了，我们订了酒店。”潇潇说。

一些工作上的事急于和潇潇汇报，出门，再过见了，杜总还在讲。我离他们几步远，站着。

在坑洼的路上颠二十几分钟，我们到了旅馆。旅馆很干净，就是蚊子太多。在西非，如果休息不好，又被蚊子叮了，便容易打摆子。治不及时，会死人。洗过澡关了灯，我想起背包里的防蚊盯手表。开灯，把它们翻出来，给潇潇和自己戴上。“姐姐，你这东西好使吗？”潇潇怀疑。我说“聊胜于无。”手表嗡嗡地响着，我安心地入睡。

睡梦中，感觉脸上痒。下意识地一拍，我把自己扇醒了。借着窗外的月光一看，我吓了一跳，手掌中四处红。我小心地问：“潇潇，你睡着了吗？”

“睡个鬼呀？”潇潇说，“你那手表，也就是手表吧？”

“这是野外作业时用的，野蚊子怕。家养的蚊子不怕。”我解释。

“你家养蚊子？”潇潇说，“咱把空调打开吧。空调一吹，风大，蚊子站不住，就走了。”

我觉得这理论可笑，可没别的办法，只能一试。蚊子果然都跑光了。只是空调震耳欲聋，跟飞机似的。

“下次咱再来，住好酒店。”我说。

潇潇说：“这已经是最好的了。”

我们在“飞机”的轰鸣中，迎来了黎明。

我们脚下的芒，淡淡地被云遮着。我们身后的青山，轻轻地被云缭绕。什么时候上的山呀？

头天，陈翻让我们早上过去喝粥。怕麻烦他，我和潇潇在旅馆吃了早餐。时间尚早，我们在附近闲走。

潇潇和一个黑人打招呼。

“你在这里还有熟人？”我疑惑，觉得潇潇很神。

“死东西。”潇潇骂，“他不是耐斯都嘛。”

“我白天看人和晚上不一样。就像方向，整个是反着的。”

“你昨晚见的他？再说，你见了他几次了呀？”

我笑了：“妹妹，你总说这耐斯都是个帅哥，你是怎么看的呀？”

阳光出来了，云雾慢慢散去。坑洼的路上，黑人开始摆出他们简易的摊位。虽然芒是这国家的西北重镇，第四大城市，却跟咱国家的小镇差不多。路实在坑洼，耐斯都不想颠我们，车便只能蛇行。

陈翻

穿过竹林间的小路，我们又到了基地。潇潇和杜总去研究公事，我自由活动。

白天，看得清了。基地有个巨大院子，几个操场那么大。院子里有几排平房，数堆集装箱，很多黄色高大的工程车。

陈翻搬了把椅子放在木瓜树下说："你先自己坐会儿。我急着写一份东西，15 分钟就好。"

一个满头辫子的黑女孩哼着小曲儿，踱着方步走来。花布围成的裙子散开了，她慢慢地重新围好。她哥哥有一个大工程队，准备借这里的工程车。她父亲有个农场，欢迎我去做客。我问农场在哪里，远不远，怎么走。心里盘算着金矿之后，再去农场瞧瞧。待陈翻出来，才知这女孩是这里的佣人，没有父亲，也没有哥哥。黑女孩哼着歌，慢慢走向厨房，仿佛刚才说的话跟她一点关系也没有似的。

"哐当"一声，吓了我一跳，原来是木瓜掉到地上。又有掉到房上的，轱辘辘，再滚到地上。我过去，把木瓜拾起来："水房在哪里？"陈翻说："扔了吧。那棵树上的更好吃。"便拿来长棍给我打。果真极为甜美。"走时给你们带一些去。"

陈翻，其实不叫陈翻。因为是翻译，大家才这么叫。

陈翻是从瑞士转机来非洲的，在瑞士呆了 22 个小时。同来的一个人病了，所以也没怎么转，就在航班安排的宾馆附近看看。也不能远走，没有瑞士的签证。

"瑞士真是天堂。"他目光望着远方，平和中有憧憬。他面容秀气，身材略显矮小。

瑞士这一停，到了科特迪瓦感觉就不好。他是晚上到经济首都阿比让的。接他们的车，开，开。慢慢地，周围没有建筑了，只有树。在一个院子前停下，还以为是农村大院呢，第二天一早，一看，嘿，还是别墅呢。

本来说好了在阿比让待一个月，适应一段。谁知下面有点事，马上需要翻译。他就到基地来了。“到了这里才知道，阿比让真是天堂。”

基地没有围墙，只在大门那儿有铁栏。其他地方都是山、树，四通八达。

“那不丢东西吗？”我问。

“怎么不丢？”他说，声音柔和，“还真不是别人偷的，是门卫。”

门卫偷车里的油，一天偷 20 升。一天夜里，门卫正行动时，陈翻用手电筒照亮了他。除非当场抓住，否则黑人绝不承认。陈翻把他告上法庭。基地人手少，又没钱打官司，陈翻遂自己当起律师。这里的法律基本从殖民时代传承而来，非常健全，条文繁多。陈翻只能自己慢慢啃。

官司自然赢了。门卫被开除。五天后，陈翻又被门卫告到了法庭。这里的法律非常非常保护当地雇员的利益。三个月的试用期，用人单位可以解雇员工；过了三个月，再解雇，则按雇员服务的时间给予赔偿。

陈翻再去法庭。黑压压的都是黑人，他们没有事做，爱看热闹，也为自己今后打官司积累经验。法庭上还有不少黎巴嫩人，同样因为劳资纠纷被告。

又有别的黑人告，也是这方面。最多时，14 件官司同时压身。一件件打吧。原来他是看操场，看书；现在，打官司也成了日常生活的一部分。每周一，固定去法庭。

一条黑白相间的狗远远地跑来，摇着尾巴，蹭我的腿。我蹲下，抚摸它的头。它用温柔的眼光望着我。

“这是泰德。”陈翻说，“原来还有条叫露西，也是黑白相间的。”

泰德和露西看到中国人都特亲，看到黑人就叫。后来露西丢了，泰德再不叫了。他想给泰德找个伴儿，离这 60 公里有个养犬基地。去了一看，一般的狗都要好几万西郎。后来从村里找了条土狗，黄色的，给了 2000 郎就带回来了。泰德还是不叫。

太阳更高地升起来，外面开始热了。陈翻把我请到屋里。石棉瓦的房顶上，不知什么在“哐”“哐”地响。

“还有别的树落下别的果实吧？”我问，不自觉地笑了。要是潇潇听这话，准又骂我馋嘴了。

陈翻想不到这层，他说：“不是。是乌鸦在房顶上走。”

乌鸦光着脚丫子，像人光着脚丫子一样，在房顶上哐哐地走。有时两只乌鸦对着叫，鼓噪得人心烦意乱。黑人喜欢黑色，自然喜欢乌鸦。在非洲，乌鸦是吉祥的象征。

偌大的基地，平时就陈翻、门卫和那个洗衣做饭的女孩。我问他感觉如何。

他的眼光望向过往的热闹中：“最多的时候，基地有几十人。吃饭时，餐厅都坐不下。”因为项目的缘由，都走了。现在的基地，就他一个中国人。今年春节，他是一个人过的。回想去年那几十人热热闹闹包饺子的场面，真是天地之分。他一个人也包了饺子，反正是把皮儿弄平了，把馅儿包进去。

一个人过春节，虽寂寞却没什么可怕的，可怕的是打摆子。

这摆子说来就来，一下子就把人撂在那里，动弹不得。在西非，他们得随时准备治这病的药，注射器也有。陈翻自己打。从未动过这玩意，试了三次才成功。药效不是那么好，高烧已经到了40度。疟原虫已经上了头，他知道，因为明显地感觉自己的意识不太清醒了。多亏黑人来了。

他现在还未完全恢复过来呢，比从前瘦了九斤。

原来虽看不到中央四台，可还能看到非洲台、英语台。春节时，一棵木瓜树倒了，把天线压断。城里有中国人小钱，跟他平时有交往。他向小钱借解码器，对出的都是阿拉伯台。现在看的还都是阿拉伯台呢。

这里上不了网，更没有国际长途能打，跟家里联系还是原始的办法：通信。最慢时一个月都到不了。二十多岁的小伙子，现代社会熏陶出来的人，一下子又倒退回几十年前的生活里。

时间多，他就看外语书，原来还有些五六年前的中文期刊，都被来这的中国人东一本西一本地抓没了。

陈翻又去给我洗芒果。我站起来，四处乱望。窗下书桌上，黄色的大字典上躺条“玩具”蛇。在非洲，黑男孩用这东西吓我时，我笑了：“中国造的吧？我玩这东西时，你妈和你爸还不认识呢。”

我伸出手去，手上湿滑，一丝不祥的凉意掠过我。

“别动！”陈翻喊。他神速地用报纸把蛇撮起来，打开窗户，扔出去。

“你胆子还真不小。”他说。

我惊魂未定："谁知字典上趴着的能是真蛇？"

"我在屋里看书的时候，也经常有蛇出没。第一次见时当然吓坏了。"现在早不怕了。狗也不怕，见了蛇使劲追。蛇其实也不怎么攻击人，见了人，多数绕道走。

"人少的时候，觉得与自然亲近了。这里的夜晚最美丽，繁星满天，只有小时候才见过这样的夜空。你看到院外那一大片竹林了吧？银月穿过竹林之时，静美得令人感动。"

潇潇结束了工作，过来找我。见陈翻正盯着我右腕上防蚊叮手表，潇潇笑了："最新科技，防蚊叮手表。戴着它，野蚊子不敢近身。"

"不是不敢近身，是没有兴趣。"我解释，"这手表的声音是模仿母蚊子的。母蚊子听了，便不再过来。公蚊子过来没事，它们不咬人。"

陈翻笑："她还带着防蛇进攻的武器吧？刚才，那字典上趴条蛇，她伸手就去抓。"

潇潇哼笑了下："这算什么？我和她在阿西旎海边，她偏说那些鳄鱼是标本。要不是离得远，她都能用手去摸。"

那倒是。我用棍子拨拉鳄鱼，只想确认一下是不是真的。它那么长时间一动不动，枯木一般，我如何能相信它是真的？我用棍子一碰，鳄鱼猛然扭头张嘴，露出险恶的牙齿，吓得我差点灵魂出窍。

"没被蛇咬着吧？"潇潇说，"要是咬了，赶紧给你解毒。路上耽误了，可就没命了。"

“你别吓她了。”陈翻说，“没事儿。不是毒蛇。”

“别看她比我大，我得处处看着她，什么都想试。在鳄鱼酒店，人家说那大乌龟背上能站个人，她就想站上去。”潇潇假装撇嘴，“也不看看自己的体重。”

“要是那人觉得我重，就不敢对我那么说了。”

潇潇又笑：“也可能，黑人觉得咱中国人都会轻功。”

“什么时候，什么时候去金矿呀？”我想起了这茬儿，着急。

潇潇假装白我一眼：“带你参观金矿，又不是去拣金子，你着哪门子急呀？”

“淘金，其实跟抽奖差不多吧？”我说。

随后潇潇告诉我：皮卡出了点毛病，送去修了。我们明早出发，下午去看小钱，就是借给陈翻解码器的中国人。

神医

白色的两层小楼前，椰子树下，一个年轻的中国男子微笑着。

“他就是小钱。”陈翻介绍。

“要是叫钱家华，我是认识的。”我说着，那面容已略改变的小钱，已过来与我招呼。

“你还认识他？”陈翻吃惊。

“阿比让的中国人，没有不知道他的。”我说，马上意识到失言了。人人知晓钱家华，并非他出色，而是他的爱情故事太不寻常。

他认识那个黎巴嫩女孩时，是从芒这里去阿比让办事。女孩太漂亮了，他抗拒着却身不由己坠入了情网。他先是往来两地，后来受不了这长距离奔波，便在阿比让租了别墅。黎巴嫩女孩被父兄管得很严，黎巴嫩女子基本不嫁外族，他都知道。可这女孩慢慢同意了他的约会，接受了他的礼物。她的家也开始接受他礼物时，他以为爱情终于战胜了世俗。女孩的生日宴会上，女孩接受了他贵重的礼物后，他求婚了。女孩和她家人拒绝了他，有些嘲弄地。在中国，水到渠成的事，在他们眼里，却是可笑的。

在非洲，挣钱容易，找个亲爱的女孩却难。来非洲的女子，多是家眷；独自一人的，少。万绿丛中的一两点红，也不见得会跟你擦出火花。

黎巴嫩恋曲终结后一年，小钱半见钟情了，他见的只是那女孩的照片。只见照片，他便心驰神往。

"求你了，求你了，简大姐，帮我介绍介绍吧。"

"我和她也不熟，她是我同学的女儿。"开餐馆的简梅说。

小钱却说什么都要去找那女孩。

"那你去找吧。"简梅笑，"这里有的只是照片，人在中国，成都呢。"

"那我就去成都。"小钱说。一周后他回国了，说是进一货柜，谁也想不到他真去了成都。

在女孩家边上，他找了最好的酒店住下。

白天领女孩逛街，晚上带女孩唱卡拉OK。给女孩买东西，

9 五月到荷兰看花田

lovers on the road

桑吉巴尔，石头城中再迷醉 10

lovers on the road

10 桑吉巴尔，石头城中再迷醉

lovers on the road

桑吉巴尔，石头城中再迷醉 10

lovers on the road

10 桑吉巴尔，石头城中再迷醉

lovers on the road

桑吉巴尔，石头城中再迷醉

lovers on the road

10

芒，雨夜狂奔去金矿 11

lovers on the road

11 芒，雨夜狂奔去金矿

lovers on the road

Chez Moov,
vous êtes entre
de bonnes mains.

my Shop
OiLibya

11 芒，雨夜狂奔去金矿

lovers on the road

也给她家人买。“基本是用钱砸人家。”“那女孩一家，把他当成了凯子。”

他想和那女孩结婚，把她带回了老家西安。他父母还给女孩买了白金项链等礼物。他回非洲后，动不动国际鲜花快递。还准备从圣培德罗租个船，带女孩去南美。真是百般心思。

现代社会纷杂，诱惑多，他知道。他让简梅帮他看着她，简梅说：“我也在非洲，怎么给你看着？”他说：“没事儿给你同学打个电话什么的。”

女孩开始对他不冷不热。他不踏实，又跑去成都。

他把女孩带来非洲时，一帮中国人在简梅的餐馆为他庆祝。说是庆祝，更多的却是好奇。

“也没见多漂亮啊，怎么就让他丢了魂儿似的？”

“在非洲，这样的中国女孩就算可以了。”

……

简梅没说，谁也不知道，小钱从成都带来的，已经不是原来那个了。

第二次，大家再聚，方才知道原委。

小钱第二次到成都，见了面，女孩对小钱倒是比电话里热情。他想把女孩带到非洲，女孩也想来。想来想去觉得还不行，怕受不了寂寞。一个 party 上，有意或无意，女孩介绍一个好朋友给他。把这么个大款放走了，女孩的家很生气；对女孩的这个好朋友，也不理了。

跟小钱来非洲的，就是那女孩的好朋友。

“感觉非洲还行吗？”我问那女孩。那女孩扭了一下头说：“鸡都不下蛋的鬼地方。”大家一愣，不知她这结论如何得的。这里的鸡，可是大多下双黄蛋的。两个月后，她离开了非洲。钱家华，也从阿比让中国人的视线中消失了，原来是回到芒了。

大家在凉廊下落座。黑女佣端来可乐和木瓜汁。她穿着颇显身材的蓝色吊带长裙，银色的高跟鞋。我的第一个女佣，也颇时尚。她来的那天，穿白色超超短裙，斜挎白色小小挎包。扭打扭打地进门，她从挎包里掏出小巧手机放到客厅的桌子上。长睫毛的黑眼睛在屋里四处魅动，蓝指甲的纤手优雅地翘着。这样的女孩，她伺候我，还是我伺候她呀？我打电话把介绍人骂了一顿。“我已经挨骂了。”介绍人说，“那女孩都哭了，说‘你怎么没说要用我的是女人呢？’”

那个女佣也没有眼前这个时髦。我眼睛在她身上转了半天。

钱家华刚来芒时是收可可。那时此城还有个中国个体商人，女人，四十几岁的陆蓝。陆蓝来自上海，特能干，腰里别着枪，下到各个村子收可可。小钱和陆蓝合作得很好，只是合作，丝毫没别的想法。过非洲来看看的陆蓝的丈夫，却有了想法。合作只能解除。小钱也便改行，卖起了药。

卖药真是暴利，连治感冒、拉肚子的最普通的药都特别好卖。这里很多男人都有好几个老婆，雄狮丸等也好卖。不是迷信中国药，中国药确实好使。很多中国人都卖过药，但真正下到村里的，只有小钱一个。从下到村里起，人家就叫他钱医生了。

每个周日，他白色丰田车一到，全村的人都知道钱医生来了。即使这样，村长还是挨家通知。写着各种药价的大牌子挂上，血压仪、听诊器摆上。手按那么几下，100 郎就到手了。听诊一次是 500 郎。

多数时候，钱医生待在芒。

有一天，半夜 3 点，瓢泼大雨中，突然有人哐哐地敲门。钱医生起来应门。几个黑人抬进一个病人。快不行了，求钱医生救命。钱医生说不治这个，让他们赶紧送医院。人家说已经去了几家，都不收。说着，几个人跪下了。钱医生为难，半晌，说，那我试试，不过要是救不活，我可不管。几个人都说，你就只管治吧，后果不用你负。钱医生询问病症后，先给服治拉肚子的药，然后打点滴，给退烧，就是按打摆子治的。第二天，病人神奇地起来了。家人欣喜若狂，又给钱医生跪了一回，又买了好些东西送来。钱医生在芒，真是出了大名。钱医生开始成为：钱神医。

他爱上黎巴嫩女孩去阿比让时，芒的人，曾联名写信，求他回来。

“其实想想，黎巴嫩女孩咱还真接受不了。她们的第一个男人，都是自己的父亲。”这会儿，钱神医喝着黑女佣递过来的菊花茶说。

“别吃不到什么说那怎么，”潇潇说，“你说的是过去，现在不会是这种情况。”

“差不了哪去。”钱神医说，随即笑了，“一个哥们说我‘白黄黑都尝了，你小子也行了。’”

“你不是没碰过那黎巴嫩女孩吗？”陈翻问。

神医不置可否。

“有几次约会，那女孩没去。他以为出什么事了呢，那担心的，汗冒老了。”陈翻说。

潇潇笑：“挥金如土，挥汗如雨，都白挥了。”

没有了爱情的奢望，钱神医从阿比让又回到芒。一年后和黑女人同居了。不像法国男人黎巴嫩男人，中国男人和黑保姆同居的非常少。

就是穿蓝色吊带长裙、银色高跟鞋的黑女郎吧？我正猜想，此女又进来，说晚餐已经准备好了。长方形厚木餐桌旁，另一个围着花布的黑女人正上菜。穿吊带裙的这个，已坐在钱神医旁边了。在非洲，保姆绝对不能和主人一同进餐。连餐具，连厨房都不能用一个。这女人地位可以呀，一定是她和钱神医同居。

我的邻居，黎巴嫩男人哈姆度找了个黑保姆。后来，那保姆把自己扶正了，就又给自己找了个黑保姆。这时髦女郎，也是一样的情况吧。

“刚才一直忘了给你们介绍。这是咪娜，我女人。”钱神医拉起那女郎的手说。她礼貌却一直绷着的脸上，终于有了笑意。

在非洲，“我女人”，是指和自己一起生活的人，不一定有婚姻关系。为区别这点，钱神医又补充说：“上个月，我和她把手续办了。”

黑女郎原来不是保姆，从来不是，是芒一个商人的女儿。和她认识后，钱神医开始投资出租汽车行业。现在，芒一半的出租车都是他们的。

父亲病重，钱神医准备回趟中国。

“带上咪娜吗？”我问。

“怎么可能？”钱神医说，“中国不像西方，尤其我老家接受不了这个现实。我跟她结婚，今后只能在非洲了。本来只想到非洲挣点钱，没想一辈子交待给这儿……现在我倒不担心别的，就怕她肚子里的孩子不知会是什么样。她怀孕 4 个月了。”

那还有这等身材？原来岂不是模特坯子？好身材的黑女孩，倒真比白人黄种人普遍。黑人虽黑，但长睫毛大眼睛，轮廓清晰。他们和白人的混血多数漂亮。和中国人 mix，除了那个高尔夫名将，嘿，没见过精神的。多数是黑人的肤色，中国人的面孔。

“来，来，吃菜吃菜。”钱神医招呼。

热内波

芒的路那么破，再往下走，怕是土路了吧？出了芒，路却出乎意料地平坦顺畅。城市的路，城市之间的路，原来是出资单位不同。

现在驾车的是耐斯都，副驾驶座上坐着杜总。我和潇潇坐后面。

杜总伸手把盒带放进去，样板戏遂在耳边回荡起来。杜总来自北京，本来都退休了，因为跟某人关系好，又返聘回来。觉得非洲挣钱多，就来了。连续打了两次摆子，瘦了 20 斤。潇潇劝他赶紧回中国，他却一再说“我能坚持”。

“真受不了，赶紧换盘别的。我走了你再听。”潇潇说。

“你这么说他不生气吗？”我小声道。

“我看不惯的就得说。”潇潇讲。

杜总把音响关了，耐斯都却接着哼唱几句。

一路青山碧野。轻车熟路，两小时后，我们到了热内波。这村子出了个部长。部长想为家乡做些贡献，便和中国有关方面合作，开发了金矿，主要想解决当地的就业问题。

圆顶、谷仓一样的房子分散在沙土地上。一个大空场上，聚着很多人，白椅子摆了多排，音乐欢快地响着，不少人随此载歌载舞。我们的皮卡经过，吸引来众人目光。

在一排木栅栏前，皮卡停下。什么也没种的大院里，有座不小的平顶砖房，在村里圆顶、简陋的房子中傲然而立。迎出来三个中国人：王工、程工和小冯。

见到中国人的感觉真好，他们都说。赶紧请我们进屋。客厅很大，东西简陋。两个带蓝边的白色大水箱占了三分之一的地方。第一次见这么大的水箱，我好奇地摸了又摸。这里没有自来水，用水要到几里外的井里去汲。

“那么不方便？”我说。

他们说：“我们还真干不动这体力活儿，是佣人去顶水。”

马上见到了这佣人，16岁的黑女孩，她正在厨房和面，准备烙饼。“还会烙饼？！”我感慨。王工说：“教了两年才学会。一段时间不烙，就又忘了。每次基本得现教。”

我给他们讲起加蓬一家中资机构的黑女佣。那女佣特聪明，教什么会什么。那家公司的中国客人多，知道她聪明，就都教她做菜。宫保鸡丁会了，萝卜干炒腊肉会了，蒸狮子头也会了。“我准备让她学会中国所有的菜系。”我去时，公司老总得意地显白。就在那一天，黑女佣的脑子乱了，所有菜的制作过程都混在一起。把我偷偷叫到厨房后，她问我宫保鸡丁怎么炒来着。我讲完，她更不解：“怎么三个人教我三样呢？”我想这也可能是她终于糊涂的原因吧。

大家哈哈一乐。

我问村里今天有否什么庆祝活动，怎么那么多人又唱又跳的。

“部长去世了。”王工说，“灵车晚上到。”

在咱国家，谁去世了，家人亲友是要落泪抹泪，甚至哭天抢地的，黑人不同。司空见惯使他们麻木了吧？也跟他们相信人会复活有关吧？许多非洲神话里，人都能起死回生。乌干达的神话里，甚至连具体方法都有：从尸体的每个部位割下一块肉，放在清洁的葫芦里；每天往里面放点牛肉和羊奶。三个月后，葫芦自己破裂，死人复活。

在中国的神话里，也有死而复活。但是，我们的生活远离神话，我们不信那些。黑人信，就像信芒果树上会长芒果一样。

“我们这里简陋，请你们不要笑话。尤其是你，第一次来的客人。”程工望向我。

我说怎么会。

王工说：“我们有中国音乐，你们想听吗？”就把音乐放出来，《走进新时代》。

刚毕业两年的小冯，来自南方某省，白白的，虚胖，像白面馒头。中年的王工和程工，来自北方同省。这里离芒两小时车程，条件自然比芒要差。寄信、打电话都得去芒，每月只能去一次。也吃不到新鲜蔬菜，只能是杜总每次来时给他们带些。杜总本该常住这里，但一直打摆子，身体不好，就留在基地了。杜总不来，他们只能长时间吃干货。气候又湿热，又不怎么活动，身体遂越来越差。程工的一只眼睛都快看不见了。

"那还不赶紧去医院？"我说。

程工说："这里看病非常贵，也不相信他们。回中国时再看吧。"

我说这可不是小事，他们都说"是啊"。

得知他们和村里人基本不来往，我说："没准儿交往多了，心情好，身体也就好了。"

"傻丫头，"王工说，"他们的家，简直没法看，根本下不了脚。而且，就是不被传染成艾滋，别的什么也够我们呛呀。我们的身体素质比不过他们，适应能力也远不如他们。而且，你一旦和他们交往，那家里什么东西都没有了。把我们的木耳偷去，干嚼。觉得不好吃，便送回来。告诉他们要泡了才能吃，就又偷走了。他们把一大塑料袋木耳都泡在大盆里，第二天，发的木耳把盆都盖住了，发了一地，把他们吓坏了。我们原来住得离他们近些，后来搬到这里，远离他们。就是这样，东西还总丢呢。"

杜总不顾旅途劳累，跑到厨房炒菜。我和潇潇去打下手，他把我们往外赶："简单吃点。晚饭时你们再帮忙。"

小冯不爱说话，打过招呼便回自己屋了。

讲起金矿，王工和程工拿照片给我们看。照片很差，像从黄泥汤里捞出来似的。“这是在芒黎巴嫩人的店里洗的。他们特坏，总用过期药水。不过也没办法，因为大部分黑人照不起相，药水便过期了。”

望了眼小冯的房间，王工说：“一个正当年的小伙子，特懒，一点苦吃不了。我们同黑人的日常交流都不用他，只有技术上的事才找他，他也就不怎么下金矿。就这样，他下去，还打阳伞呢。整个非洲，别说男人，就是女人，都找不出一个。”说罢，找出照片。

小冯来自阴雨的南方，自然受不了非洲毒日。可在这照片中，他确实是够显眼的。我在国内，夏天也打阳伞。来非洲后，多大的太阳，都不打了。

王工程工也说杜总的不是，当面便说。我听了都不好意思，可杜总没事人儿似的。杜总也冷语热讽他们。吃饭时，杜总让我和潇潇吃苦瓜：“多吃点这东西，要不上火，眼睛不行了。”四个人，三条心，我想。待第二天下去金矿，有机会和王工或程工单独走在一起，才发现，两人一条心也那么不易。怕都是按自己的想法要求别人吧？最后只剩一人时，会对自己满意吗？“哎，真是没法活。”我感慨他们的状况，“三人一条心，黄土变成金。”潇潇笑：“那就不用淘金，直接拣金砖了。”

吃过饭，潇潇带我去村长家。这村庄就是一个部落，所以，村长也就是旧时的酋长。根据协议，金矿开采出的金子都交给他，由他统一销售。村长半带热情半带矜持地招待了我们。他穿着长长的非洲袍子，坐在铺着红垫子的沙发上。有人送来一个封口的硬塑料袋，村长打开，把里面的白纸一团团拿出来。纸包纸裹的，是丝状的金属。便是金子了？！

“原来就这么点儿呀。”我感叹。

“那不得一点点淘嘛，”潇潇说，“你以为一出来就是根大金条？”

细节要保密，我得回避。潇潇让一个黑人送我回去。走过两间圆顶房，我说：“你带我去村里逛逛好不好？”我给了他一包绿箭口香糖，他同意了。小伙子 21 岁，叫韦大勒。

六七个半大的男孩子在草地上踢球，见到我，刷地都停下来。我跟他们招手，他们哗地围拢过来。和他们合影。我高兴，他们更高兴。

三个妇女背着孩子，顶着水桶过来，我问能否和她们合影。虽然这样的地方不说法语，只讲部落语言，但我的示意她们懂。她们笑了，表示同意。韦大勒正准备给我们照相，远处，一个妇女高声地喊着，往我们这里跑。非洲一些国家，和黑人合影，或是给他们照相，是要付钱的。莫非这是谁的家长，跑来收钱？却是赶来合影的。又有三个女人高喊，飞奔而来。眼看镜头都装不下了，还不停地有人跑来。只好分前后排了。前面蹲下。

我看了看四周，不再有动静，遂跟韦大勒说 OK。

话音还没落，我左边的女人伸手喊停。

还有什么好等？莫非还要照小镜子装扮一番？原来是把背后

的婴儿转到臂弯里，让孩子也露一脸。照完相，这些女人微笑着站着，没有一个给我留地址。看来对我邮照片并不寄希望，只是想照一相。

这孩子，是你的了

刚才我左边那女人怀里的孩子，此时睁着黑黑的大眼睛望着我。那纯净透明的眼神，瞬即让我突生出炙热而纷乱的爱。领养一个黑孩子，以前我想过，现在心思又翻动起来。也知那会有很多阻碍，不是我一时的决心所能决定，所以我半开玩笑地对那女人说："把这孩子送给我带到中国去行吗？"我的示意她没全懂。韦大勒翻译。那女人看我一眼，点了点头。我抓了把随身带的薄荷糖塞在那孩子怀里，就转身，去看部长的灵柩到了没有。

走了有 50 米，发现那女人跟在身后。在非洲，经常会被这么跟着，因而没觉得奇怪。到了那空场，女人还在我身后。然后，她上前和我说了句什么，便把孩子塞在我怀里，走了。我以为她是上厕所什么的，不方便带孩子，托付给我照顾一会儿，就高兴地逗那孩子玩。直到发现周围人全都看我，进而鼓起掌来，我才发觉有些异样。这么多人，她为何托付给陌生的我？不怕我把孩子拐走？而且，我忽而想到，非洲妇女，是把孩子用布兜在身后的，干什么都不耽误。我猛然想到：莫非那女人，准备遗弃这孩子，假托给我，然后一去不返？我正准备去找她时，韦大勒过来了，问："你准备出多少钱？"

非洲很多国家都时髦丧事大办。办得穷人更穷，富者破产。既然今天赶上了，也得凑份子。我问："别人都出多少？"

韦大勒皱了一下眉："别人？别人不出钱。"

我脑袋一轰：不会吧？别人不出，全由我一人掏？我即使比你们黑人多点钱，可也不至于富得做冤大头呀？这部长，我见还未见到呢。而且，我突然想：这怎么也是部长呀，国家不出丧葬费？可能不出，否则这么远运回家乡？不对，人家是想葬在家乡。

看我疑惑不解，韦大勒突然明白过来："这孩子，我是说这孩子，你准备出多少钱？"

忽又想起捐资助学的事，我说："这孩子上学还早着吧？你的意思是我先把他上学的钱留下？"黑人有钱就消费，我了解这点，笑了："那他父母还不给花了？"

"跟上学没关。"怕我再往别处理解，他赶紧说，"跟什么什么都没关。是这样，你听好：这孩子给你，你给人家多少钱？"

"这孩子给我？我不要。"

"已经是你的了。"

我闻听，差点把孩子扔出去："怎么就是我的了？！"

"你向人家要，人家同意了。所以，你得给钱。"

这么多人看着，我不能硬来；黑人也是讲道理的，我尽量平缓自己的惊慌说："怎么也得办领养手续什么的吧？"

"不用。"韦大勒十分肯定，"你同意，她同意，就成。"

"那，孩子的父亲总得同意才行吧。"我欲把孩子交给他。

他往后躲："他没有父亲。"

"你把那女人找来。"我说，突然想起那女人只说土语，来了也白费，还是和韦大勒能说明白。我找借口："我对这孩子一无所知。他叫什么我都不知道。"

"你愿意叫他什么，就叫什么。"

"他多大了我也不知道。"

"我们很多人都不清楚自己的确切年龄。"

许是知道我不想要他吧，孩子哇哇哭起来。我从未带过孩子，他这一哭，我当真乱了手脚。慌张四望。平素那么喜欢帮我的黑人，此刻都袖手旁观。

送他回家算了。我询问数人他家在哪里，他们全都摇头。

"他们都知道这孩子是你的了。"韦大勒跟过来说。

"是。"有个小伙子说，"这孩子，中国人了。"

中国人了？那得中国政府说了算呀！我又悔又气又恨，汗都下来了。

"那也不至于不帮一手吧？"我说，"这孩子都哭成什么样儿了。"

"他们怕你要了孩子，又扔了，像有些西方人那样。"韦大勒说，"真的，这是个聪明漂亮的孩子，你能给他好生活，我们给不了。"

见我一时没有应话，韦大勒说："如果你愿意，我们可以给你搞个仪式。全村人都会参加。"

那我更走不脱了。

不管怎样，先把孩子哄好吧。

“你看，这孩子喜欢你。”韦大勒说。孩子笑着，长睫毛上还挂着泪珠。

孩子哄好了，我被救的希望却仍邈远。正不知如何是好时，潇潇来找我了。见我怀里漂亮的孩子，她假装哇哇地叫了两声，然后径直把孩子抱起来，“这孩子这么漂亮，给我吧。”

终于脱手了，给的却是潇潇。我真是又喜又悲。我说：“潇潇，你别害怕，我跟你说，这孩子……”

“艾滋病？”潇潇说，“没事儿。只要我们和他不同时流血，抱抱他，是不会传染的。”

“不是，”我说，“这孩子，是我们的了。”

“那咱就带呗。你有什么可急的？”潇潇来回摆着孩子，高兴地说。

“玩笑当真了。”我不得不交待实情，“我跟这孩子他妈开玩笑说这孩子给我行吗？谁知他妈同意了。扔下孩子，不见了。直到你来，我是如何也不能再把他出手了。”

潇潇停下来：“那你闯祸了。”

“谁知他们开不得一点玩笑呀？”

“说说行，但你别伸手接孩子呀。”

我乐：“那我给你了，你可是主动伸手的。”

“你尽给我添乱。”潇潇说。她稍微皱皱眉头，“这样吧，咱们去找村长。”

村长也面露难色：“别的事情我好说，可这私事……”

正说着，一个妇女敲门后进来。她的话，韦大勒翻译给我：“卡玛莎说了，你给 10 万郎就行。”

10 万郎，人民币也就 1200，我跟村长说：“我给她 10 万郎，不要这孩子行不行？”

正说着，又有妇女进来说：“卡玛莎说了，给 5 万郎就行。”

眼见价格这么成倍往下掉，我心里开始乐。非洲很多国家都这样，出了事，只要你出钱，一点点钱就可以。

果然，第三个妇女进门，价格已经降到 1 万郎了。

“1 万郎能干吗呀？就卖个孩子？”我跟潇潇说。

“白给都行。”潇潇说，“他们孩子多，养不起。”

基本不要钱了，第四个妇女进门说，我把身上的衣服给卡玛莎就行。

“那我穿什么？”

会讲法语的这个女子，闻听我的话，说：“你总会带着别的衣服吧。”

“领养这孩子也不是不行。”我跟村长说，“可是，总得做些检查吧。家里找个保姆，还得先查查有没有……”

潇潇用中文打断我：“现在，你就别提把孩子带走的茬儿了。”

自己闯的祸，总得自己担，何况，也不是天文数字。我又提刚才的话：“我给她 10 万郎，不要这孩子。”

10 万对他们来说不是小数，我想村长怎么也会同意。不想村长清了清嗓子说：“你是我们的客人，我们不能让你有被敲诈的感觉。”

“不会，不会。”我赶紧说，“就是没有这事，让我出十万郎捐助她也没什么。”

“虽然我是村长，但不能强迫下面的人做什么。我们讲求民主。”村长拿起茶几上的手机，看了眼说，“部长的灵柩还得两小时才能到，我们先解决你的问题。这样吧，”他拿出村长的语气，“我派人把卡玛莎找来，你们的问题得当面解决。”

百寻不见的卡玛莎，终于露面了。

“你把孩子带回去吧。”村长说，“这对你来说不是难事。你既然能把他带这么大，也能继续把他带大。”韦大勒小声翻译村长用土语对卡玛莎说的话。

“有件事对你来说也不是难事。”卡玛莎说，“你在金矿给诺库比图安排个活儿吧。他没有收入，整天来找我。我去哪里弄钱呢？我又不能不理他，他是这孩子的父亲。”

“你不是说这孩子没有父亲吗？”我问韦大勒。

“她也不一定确定这孩子的父亲是他。”韦大勒说。

“村里像诺库比图那么大的，是多数在金矿工作。可诺库比图，他自己当初去布瓦凯打工去了。”村长说。

“你知道，他当年就回来了。”卡玛莎解释。

“这样吧。”村长拿出大仁大义的样子，“我给诺库比图安排工作，你把孩子抱回去吧。”

有了村长的如此保证，卡玛莎这才从我手里抱过孩子。我的双手，终于如我一贯的那般轻松了。

卡玛莎出门，我清了清嗓子，先征求潇潇的意见：如何谢村长。请吃饭？村里好像没有饭店。在王工他们那儿做？估计他们不愿和黑人一同吃饭。

“我开口问问，见机行事吧。”潇潇说。正准备开口，不想卡玛莎又返身回来了。

“也可能，”她指着怀里的孩子，“他父亲不是诺库比图，是如巴伊札。所以，也请你给如巴伊札安排个工作吧。”

村长不高兴了，但他压抑了一下说：“那么把诺库比图换成如巴伊札吧。”

“我已经告诉了诺库比图，他就在门外。”卡玛莎说。

“那么就诺库比图。”村长扬手，“如巴伊札我不管。”

“如巴伊札也在门外。”卡玛莎说。

村长出了口气，又把茶几上的手机拿起来：“部长的灵柩马上要到了，我得走了。”一副把我们扔在这里，让我们自己解决问题的样子。

“别以为他一走，我们就什么都解决不了。”我撇了撇嘴。

“孩子的两个父亲都来了，你得出血了。”潇潇说。

“总有一个是假的吧。”我说，“给真父亲十万郎，衣服给卡玛莎。”

“这时候，都是真的了。”潇潇说。

村长正准备出门呢，突然又进来一个男人，对村长耳语一番。此人不知说了什么，村长开始面露喜色。

“金矿丰收了？”我跟潇潇说。

潇潇白我一眼。

“来，来，”村长返身，把卡玛莎叫过来，“诺库比图我给安排工作。如巴伊札呢？”他故意停顿了一下，“我也给安排工作。明天，就让他们上工。怎么样？你满意吧？”

“部长的家人随灵柩到了。”我擅自解释，“他们给村长发话，村长一下子就把两人都给安排了。”

出门之前，卡玛莎看了眼我，又看了眼自己的孩子，叹口气：“差那么点儿那么点儿，就成中国人了。”

想起空场上那黑小伙儿的话，我说：“已经是中国人了。只不过又变回了科特迪瓦人。”

“你还不歇着？”潇潇拿眼睛横我。

卡玛莎走了，村长却不提部长灵柩的事了。他重新坐回到沙发上。

“你看，”他笑着对我说，“我们能帮人时，都是尽力去帮。如有困难，也会想办法解决。诺库比图、如巴伊札，你看，我都安排了吧？”

“他们办了一些事，总觉得了不起。”我用中文跟潇潇说。

“所以，能帮我的地方，你也得伸出援助之手。”村长笑着，“你们中国人，我知道，最有爱心了。”

我被他说糊涂了：“我能帮你什么呢？”

村长清了清嗓子：“部长一死，你知道，我们就没有靠山了。其实，部长一退休，就不好使了。我们贷款，总也贷不下来。”他左说右说，我还是没明白他什么意思。最后，他忍不住，明点了：“我听说，你和卡巴什是朋友。行长一句话，这贷款……”

“正因为我对他不像别人那样有所求，所以，我们才是朋友。”我说，“我没法开口和他提贷款的事。”

“不用你提，你负责给我们引荐就行。”

见个中国人，卡巴什会有兴趣。见这非洲到处都有的黑人，卡巴什会有什么兴致？但我不能这么说，我说：“你们上头有索德蜜公司，贷款的事，不用你操心吧？”

“哎，”村长说，“按说，我是不用管贷款的事。可现在，设备设备不先进，工资工资上不来。我跟索德蜜提了，没用。部长一退休，金矿这项目就贷不到款，资金运转早不灵了。我要是把一直解决不了的贷款解决了，你说，那我的话，还能不管用？我还不是要什么有什么？我也不是让你今天就为我引荐行长大人，”他看了看手机，“部长灵柩，还有半小时到。我邀请你作为最尊贵的嘉宾，参加葬礼。而且，明天，我亲自陪你去视察金矿。”

“怎敢劳你大驾？”我推脱。

“不，不。”村长说，“我也真想看看了。你知道，我已经三年没下去了……”

12

lovers on the road

世界之大，我只爱他一个。

异国的情侣们

阿妲和约翰

世界之大，我只爱他一个

有几个月之久，阿妲是我的邻居。“别害羞，来找我玩吧。”她说，“反正你也是一个人。”

很多黄昏，我们就一起散步，也一起吃饭、逛街。

阿妲是美国人，在非洲工作。于国际机构工作的她，工资丰厚，但她却非常小气，从不为别人花一分钱。西方人是习惯 AA 制，但你为她买单时，她非常高兴，从不拒绝，欣然接受。这也没什么，问题是不管你为她做了什么，她的“谢谢”，就管当时，至多当天。第二天，你根本感觉不到跟她更近一些。她的处处为自己着想，也到了“很高的”境地。和一个朋友一起出门，突然大雨，她把自己遮起来，非常自然地说“对不起，我的伞，只能装下一个人。”她搭同事的车回家。路上，同事想去买张电影票，她便非常不乐意，觉得是耽误了她的时间。她对上级，倒也不趋炎附势。经理让她复印一些资料，她说“那是你儿子要用的，跟工作没有关系，我不能做。”

这样的人，不知道什么样的丈夫能受得了。

有天，她特别高兴地敲我的门。“约翰给我买了个新的微波炉，还有毯子、玩具小熊。他对我真好。”

这个约翰，就是她丈夫。他们分居两地，现在，他来看她。

原来我以为约翰是种植园主。因为有钱，阿妲才嫁给他。见了面才知道，他不是园主，是受雇管理种植园的。

约翰是黑人。他很谦和，却生动。

我和他们一起出去吃饭。西方人是各点各的，各吃各的，但他们总是分享。而只有和约翰相处，我才能看到一个自私女人的可爱时候，因为不再对人拒绝，身心放松舒缓下来，那是真正的快乐。

阿妲从小就是这样，这也使她没有什么朋友。16 岁那年，一场疾病改变了她的生活。她病得很重，几乎是没什么希望了。她又几乎没有朋友，这就使得病休在家的她，十分寂寞。落落寡合，又使她的病情日益加重。一条狗常来看她。她对动物，原本也没什么好感，甚至可以说厌恶。但是这条狗，一来，就让她如此欢欣，忘却痛苦。每天下午两点，它准时来。在她开心，然后睡去后，它悄然离开。她一直生活在波士顿下面的这个小镇，但她从未见过这条狗。而更神奇的是，她的病奇迹般地好了。病好后，她到处去寻找这狗，却再也没有看到它。她开始相信，那是天使变的。

一年后，她去普林斯顿看她姐姐。车过塔潘吉大桥不久，她看到路边有条狗。它跟在一个黑人身旁。他们都侧身，等着车通过。这正是带给她新生命的那狗！她是个稳重的女孩，从不会大吵大叫，她没有叫车停下。车也确实瞬间冲出了好远，马上就不见了后面的他和它。她决心要到普林斯顿读大学。她做到了，到了这个离她家乡有 5 小时车程的地方。

在普林斯顿，早晨绕湖散步时，她遇到了那个黑人，和她同校的约翰。他们熟悉后，她问那条狗在哪里。他不知道。也许他在等车过去时，那条狗也在等待；也许那并不是相同的一条狗；也许那天在桥边等车过去的人，也并不是约翰。生活中总有那么多难以确信的。她确信无疑的是，有什么指引她，来到约翰身边。她爱上了他。之前，她从未觉得自己爱谁。他之后，她也没有爱过别人。她对其他人，都是淡漠的。

“你的父母，同意你和黑人结婚吗？”我在国外久了，说话很直接。

“没什么啊，”她说，“我妈妈说，大家都是上帝的孩子。”

而她比任何人，都能体会到上帝的存在，在她病重的时候。

大学毕业后，她随约翰回他非洲的故乡。她为人冷漠自私，智力却很出色。她考上了一家国际机构。后来国际机构因故搬迁，她才和约翰两地生活。不过，目前，她已辞去高工资的工作，重回约翰身边。

布查与菲拉姿

把生命留给非洲

布查是加拿大人，年轻的时候，很是帅气。更是他对非洲那热情得近乎狂野的爱，吸引了美丽的女孩菲拉姿。她辞去魁北克的工作，和布查跑到了西非科特迪瓦。他们同在一家法国学校当老师。一呆，就是 18 年。

业余时间，他们常常做义工。假期时，去偏远地区，教那里的孩子卫生知识、文化知识。

他们没要孩子。他们想把身心奉献给更多的孩子。也是这共同的理想，让他们的爱情历久弥新。他们珍爱彼此，却不是那种举案齐眉的。他们互开玩笑，有时甚至是恶作剧。但他们彼此相知的心灵，在我遇到的所有情侣中，无人能比。他们的朋友，也是共同的。当他们和别人相处时，对方常把他们看成是一体的。

他们夫妻两个和加拿大医院的多利蒙是老朋友。7 年前，26 岁的多利蒙大夫刚踏上非洲的大地，被这里的多姿多彩冲昏了头。见当地人吃美丽的西非荔枝果，他也跟着吃。殊不知人家吃的是开口的熟的，他吃的是没熟有毒的。布查夫妻将多利蒙救起时，他们还不认识。这也是他们圈子里日后的一个笑谈，医生被病人救了。当时布查扭伤了腿，菲拉姿正开车送他去医院。

虽然布查夫妻比多利蒙大十五六岁，但这并没有妨碍他们成为知己。他们也不是忘年交之间那样分辈分有些拘谨的友谊，他们常常互开玩笑。有次，布查夫妻从牙买加旅行回来，邀请多利蒙来吃顿“牙买加国菜”。当多利蒙品尝了“味道如此美妙”的那道菜后，菲拉姿告诉他，这道牙买加国菜，是阿基果烹鳕鱼。“阿基果烹鳕鱼？”多利蒙问，然后他得知，阿基果不是别的，正是原产于这里的西非荔枝果，一点没有夸张，多利蒙闻听这话，昏了过去。

感念救命恩，多利蒙只要一听布查夫妻有什么头痛脑热，便立刻赶去他们家。害得两人“轻易不敢声张了”。后来他们有病，都是自己开车去加拿大医院，也没几分钟。

科特迪瓦原来叫象牙海岸，是西非美丽的国家，人称“小巴黎”。在非洲普遍的战乱中，它一直和平。而且，经济高速增长，被称为非洲经济的奇迹。但是，就是这个国家，动乱也开始了。政变开始后，很多外国人都撤走了。布查，菲拉姿，多利蒙，因为太爱非洲，太爱这里了，他们留下来。

西非是热带雨林气候，容易打摆子。常年在非洲的人，也少有没打过的。可是，现在，菲拉姿打摆子时，街上全部戒严了，布查没办法把她送去医院。因为他们家离医院没多远，和多利蒙又那么好，所以家里便没准备奎宁。说到底，大家谁也没料想到会发生兵变。那之前，科特迪瓦已经稳定 30 年了，这在战乱频仍的非洲非常珍贵。可是，这神话破灭了。

多利蒙是性情中人，他要是知道了这事，他会驾车冲过军人的封锁。鉴于此，布查夫妻没有告诉他。他们也不知道，那时，多利蒙正被困在另外一个叫亚穆苏克罗的城市，老总统的一个亲戚病了，他被请去那里。

布查实在没办法，他打电话给几个加拿大同胞。他们之中的一个，把这事告诉了多利蒙，问医生有没有什么能自救的办法。正像布查夫妻担心的那样，闻听此事，多利蒙借了辆吉普车，便从亚穆苏克罗出发了。多利蒙知道前一天一些年轻军人因不满当局拖欠军饷而在阿比让抢劫商店，他也知道他们占领了国家电视台、电台，他还知道今天回家乡的贝迪埃总统赶回阿比让与兵变军人谈判。但他不知道也想不到的是，因为总统拒绝了兵变军人释放反政府领导人的要求，谈判陷入僵局。兵变士兵占领了阿比让国际机场，并释放了监狱中所有的反政府领导人。6500 名犯人乘机潜逃。原三军参谋长、退休的盖依将军在电视上宣布免除贝迪埃总统职务，总统躲进法国使馆避难。所以多利蒙对戒严的士兵说他是总统请去的医生时，那结果可想而知。

在士兵的嘲笑中，他勉强过了前几个哨卡。在他慢慢厌倦了解释而肝火旺盛时，他被下一个哨卡告知只能原地等待，等待宵禁时间的结束。那天晚上，阿比让发生了大规模的砸、抢、烧商店事件。“我们将对抢劫者格杀勿论！”士兵警告他。“我去阿比让不是赶去抢劫。我是去挽救病人的生命。”“告诉你原地别动！”“来不及了！”“你要来得及，见的就是上帝了！”不听劝阻的他，强行发动了汽车。他救朋友心切，想着自己是白人，黑人不会对他怎么样。但他忘了，那是非常时期。他踏上的是不归路。

他灰褐色的眼睛到死都没有闭上。他望着布查夫妻居住的博拉多，结束他和这世界最后的关联。那时，他心存感恩的同胞女人，也已看到死亡的影子，正慢慢地离开。那是 12 月 24 日晚，西方人非常重视的圣诞夜。

布查夫妻还有个将军老朋友，布查的一个朋友把这情况告诉了他。这样的时候，只有将军这样身份的人，才有可能帮助他们。将军签了个特别通行证给传令兵，让他带布查夫妻去加拿大医院。就在他把特别通行证交给传令兵的时候，将军被要求“立刻，马上”放下手头的所有事情，火速去军部开紧急会议。那确实是紧急会议，原三军参谋长盖依将军准备让总统下马，“滚出这个国家”。

将军虽听从命令，却是正直的军人。他不怕流血牺牲，但他实在不愿看到这国家 30 年的和平安宁被打破。他提出了不同意见：“我们国家是可可第一大生产国，可可国际市场价格猛跌 50%，使得国家财政窘迫，使得军饷无从支出。这远不是赶走一个总统就能解决的。然后，军事政变毕竟不是正常的权力转换；国际社会的谴责，外交僵局的打破，这都是我们面临的棘手问题。”因为他这不同的声音，很多人把矛头对准了他，也使他根本没再想到那特别通行证的事。他只给传令兵发了通行证，却还没告诉他去哪里接谁去加拿大医院。而他的手机关得紧紧的，别人根本没办法联系他，也不敢去军部找他。因为紧急会议时，任何其他事都无足轻重。

等到将军想起这事时，已没有勇气打电话给布查了。他让别人打电话过去，得知菲拉姿还在死亡线上挣扎，他便跟一个法国医生联系，让传令兵带上他去布查家。那时，将军确实处在他从军 28 年来最紧急的状态里。中午，盖依在电视上宣布解除贝迪埃总统一职。下午开始，阿比让便发生了较大规模的打砸抢事件。他们在军部一夜未眠。

他以为医生已经解决了一切，不想医生根本就没有去。而为什么，没有人知道。传令兵再也没有回来。将军也不能再联络到那医生。布查心爱的女人，那么可爱的女人，她死了。

妻子是他的生命，他的一切。她走了，他还能去哪里呢？他回加拿大看了趟父母，跟他们说："非洲太好了，我们准备留在那里。我们将会很忙，不会常给你们写信了。"他随她去了。

这个故事，是将军亲自讲给我的。也给了我灵感，写出纪实体的《遗失象牙的海岸》。

井上与伊莎贝拉

一腔赤诚对犹疑

伊莎贝拉是西班牙姑娘，马德里美人。我认识她时，她的男友是井上，来自日本的设计师。

同住一楼，我以为他是中国人，和他打招呼，所以认识了他们两个。

我们一起去东阁吃中餐，去伯纳乌看球。如果皇马赢了，我们就去西比列斯广场和其他球迷一起狂欢。白天，我们去普拉多美术馆看画展；夜晚，去马约广场看青年学生的巡游。当然，我们更少不了去太阳门。西班牙最热闹的是新年，马德里人欢聚于太阳门，人手 12 颗葡萄。钟声一响，12 颗葡萄要迅速吞进肚中，这预示着新年月月顺利，好运连连。

因为我和井上都是东方人，所以外人常把我和他看成一对，惹了不少笑话。有段时间，我怕影响那两个，想从中抽身，伊莎贝拉不让，她说“爱情短暂，友谊长存”。

而我和她很铁后，竟然发现，她对井上真的不怎么样。虽然表面上看，他们挺亲热的。

我们在厨房做饭，她会递一只炸虾到井上嘴里。而只有我和她知道，这虾，是刚刚掉在地上的。

他们和我待久了，去吃中餐时，会像中国人一样，叫好几道菜，几个人一起吃。吃到最后，盘中只有一两只虾，井上如果这时伸筷子，伊莎贝拉就会用筷子把他的筷子打下去。

在井上约她去某地时，她有时会说对不起，有事要做。而实际上，她马上会因为没事，拉我去逛街。

井上对她非常好，准备和她结婚，可她对我说，他不能承载起她对一个男人全部的幻想。她是有点爱他，但是，仅仅是一点。就这点，她还不停地怀疑。她是个好女孩，但是这爱情，并没有带给她太多快乐。就是从这场恋爱开始，她开始了迷惘，有些时候会觉得没有意思。

如果井上了解这点也好，像现在那些时髦的年轻人，并不是为了今后的生活才在一起，在一起，只是目前没有更合适的人。全心应对的，却是一份犹疑的感情，很多时候，我为井上感到悲哀。

后来，她果然把井上甩了。我们和七八个女子整天混在一起，实在是快乐逍遥。

马德里的记忆实在难忘，所以写了本刚刚出版的《马德里美人帮》。

图书在版编目(CIP)数据

那些路上的恋人哪 / 洛艺嘉著. —桂林：漓江出版社，2013.2
ISBN 978-7-5407-6289-6

I. ①那… II. ①洛… III. ①随笔—作品集—中国—当代 IV. ①D756.586.8

中国版本图书馆CIP数据核字（2013）第021479号

那些路上的恋人哪

作　　者：洛艺嘉
策划统筹：符红霞
责任编辑：王欣宇　董　卉　王成成
责任监印：唐慧群

出 版 人：郑纳新
出版发行：漓江出版社
社　　址：广西桂林市南环路22号
邮　　编：541002
发行电话：0773-2583322　010-85891026
传　　真：0773-2582200　010-85892186
邮购热线：0773-2583322
电子邮箱：ljcbs@163.com
http://www.Lijiangbook.com
印　　制：北京盛源印刷有限公司
开　　本：889×1230　1/32　印　张：9　字　数：100千字
版　　次：2013年3月第1版　印　次：2013年3月第1次印刷
书　　号：ISBN 978-7-5407-6289-6
定　　价：38.00元

靳羽西／著
Yue-Sai Kan
中国绅士
The Chinese Gentleman

靳羽西／著
Yue-Sai Kan
中国淑女
The Complete Chinese Woman

静老师
NO.1
Color Me
选对色彩穿对衣
新版
Beautiful
王静／著

王静／著
识对体形
穿对衣

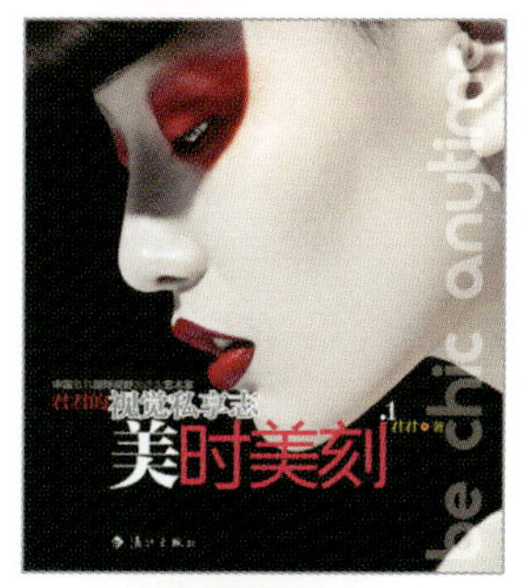
视觉私享志
美时美刻
be chic anytime

赢在
形象力

围所欲围
一看就会的围巾全攻略
李昀／著

巾艺求精
最简单、最有型的丝巾美丽造型书
华人地区最资深形象管理大师
82种创意丝巾系法瞬间提升造型感
让你365天魅力爆棚！

《广告狂人》服装设计师的灵感、技巧与秘诀
时尚档案
MAD MEN

柔艳／著
衣服会说话
tell who you are
Clothes

赵琼／著
我的美丽处方
注射美容+光电疗法，一本就够！

金韵蓉 著
安抚身心灵的花园，开启美丽人生的密匙
精油全书
当我们爱上芳香

作序
推荐
30+女人的
心灵能量经典
女人30+
金韵蓉／著

金韵蓉／著
女人40+
40+女人的心灵能量经典

女人是一种态度
徐俐／著

优雅是一种选择
——听徐俐讲美丽的故事
徐俐 著

左手成功，
右手幸福
崔慈芬／著
作序
推荐
谈有质感的恋爱
做喜欢做的事情
过有品位的生活……

诚挚推荐
寂寞收据
看见邓惠文的温柔心事
邓惠文／著

WELL-BEING,
SO
EASY!
幸福其实
很简单
幸福不是本能，
是需要学习的技能！

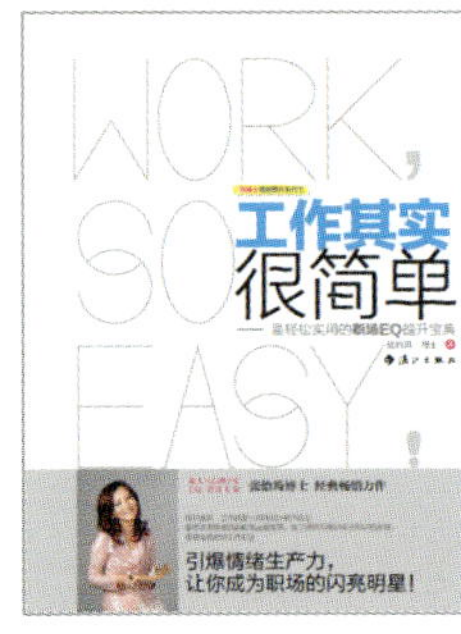

WORK,
SO
EASY!
工作其实
很简单
引爆情绪生产力，
让你成为职场的闪亮明星！

LOVE,
SO
EASY!
爱情其实
很简单
掌握情绪密码，
才能甜蜜恋爱！

还想遇到我吗
期待，我们都能与完整的自己，重新相遇。

开阔的婚姻
J.唐纳德·沃尔特斯
畅销20年的婚姻经典
作品被译为25种语言
畅销90多个国家
全球销售超过300万册

爱，问
LOVE 张博士
张怡筠／著

自由、爱与欢愉
点亮巴黎的女人们

LEARN TO FIND INNER PEACE
找寻内心的平静
影响百万人的精神导师
畅销20年的心灵经典

OH NO SHE DIDN'T
时尚白痴NG!
大展毒舌
带你走出
时尚沼泽
轻松变身
时尚天才
女人最不能犯的100个时尚错误

图说118种精油+30种基础油
最新版
芳香精油图鉴
精油菜鸟&达人
必收读本

精油的益处
63种常见精油详解，
近百种精油处方，
全面解决健康生活问题

366天的
精油处方
Aromatherapy Recipe
特别推荐

商务男士的
魅力衣装
用魅力赢得成功！

职场美丽法则
职场女性的
魅力衣装

优雅与质感
——熟龄女人的穿衣圣经
日本时尚设计师石田纯子
30多年的从业经验凝结
不受年龄限制的穿衣法则

手绘
时尚
巴黎范儿

手绘
365天的穿搭灵感
款式·衣橱·配件·购买

手是最好的美容工具
史上最简单最强大
的美容法！

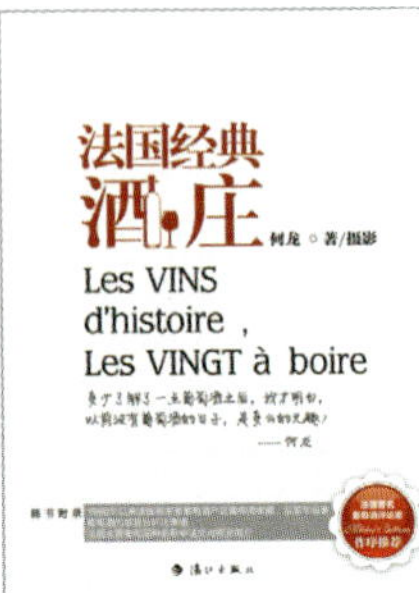
法国经典酒庄
何龙 著/摄影
Les VINS d'histoire , Les VINGT à boire

味蕾畅游欧罗巴
Europe
Bon Appétit!

东京厨房
日本女人健康苗条的秘密

去巴黎烤个马卡龙
一段甜蜜与冒险交织的梦幻旅程

即将消失的百年美味

一学就会!
70道最经典的法国甜点

和阿雅一起做乐活美人
欧阳英老师的
小S 何炅/推荐

情人的饱嗝
煮出幸福滋味

葡萄光年
卡奥尔，一座造酒之城的芬芳年谱 WINE
WINE

胖星儿/著
跟胖星儿学做菜

胖星儿/著
30分钟做营养晚餐

温暖传家菜
99

金韵蓉・著
美丽笔记
[白金升级版]

女人的身心保鲜书
优雅地，慢慢地，变老
40+女人的美丽智慧

美女入门
女人不漂亮不行，不漂亮的话，活着都没多大意思。

女性的选择
坂东真理子 推荐

What is your it is
女性的价值
self
worth
?
25位国际影响力女性联袂推荐
令全球数十万女性探脱内心束缚，释放全部潜能

美女入门 2
女人不漂亮不行，不漂亮的话，活着都没多大意思。

垭口
听徐俐讲梅里转山的故事
徐俐 张天蔚 著

自由呼吸
王秋杨"7+2"探险全纪录
王秋杨 著

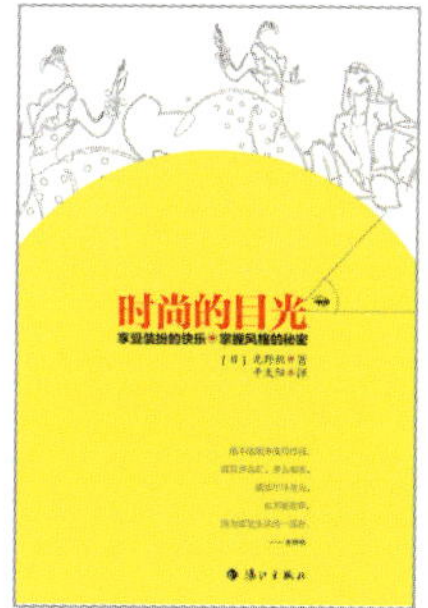
时尚的目光
享受装扮的快乐・掌握风格的秘密

洛艺嘉／著
慢游地中海
9年游走101个国家
旅行者洛艺嘉在地中海的晃荡游记。

希腊手绘旅行
赵于萱／著
因为，
它把全世界的蓝色都用光了……

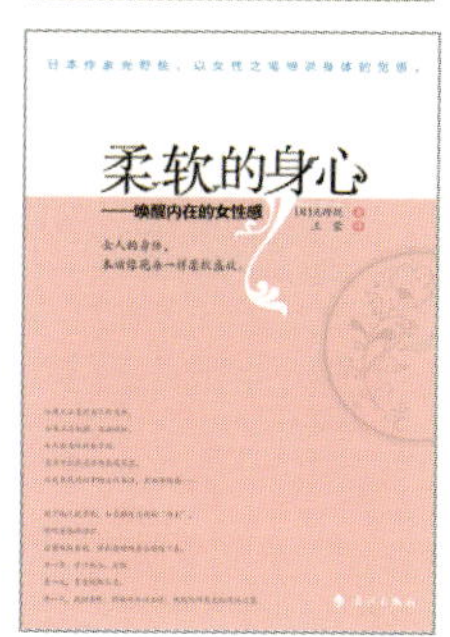
柔软的身心
——唤醒内在的女性感

漓江出版社 · 漓江阅美文化传播

联系方式： 编辑部 85891016-805/807/809
市场部 杨　静 [产品] 85891016-813
马　虹 [企划\讲座活动] 85891016-811
王成成 [网络营销] 85891016-806
地　　址：北京市朝阳区建国路88号SOHO现代城2号楼1801室
邮　　编：100022
传　　真：010-85892186
邮　　箱：ljyuemei@126.com
网　　址：http://www.yuemeilady.com
官方微博：http://weibo.com/lijiang
官方博客：http://blog.163.com/lijiangpub/

阅　读　阅　美　，　生　活　更　美